LE FIGUIER ENCHANTÉ

Gens du silence, théâtre, Québec/Amérique, 1982.
Addolorata, théâtre, Guernica, 1984.
Déjà l'agonie, théâtre, L'Hexagone, 1988.
La Locandiera d'après Carlo Goldoni, théâtre, Boréal, 1993.
Trilogia, théâtre, VLB, 1996.

Marco Micone

LE FIGUIER ENCHANTÉ

Boréal

Les Éditions du Boréal remercient le Conseil des Arts du Canada ainsi que le ministère du Patrimoine canadien et la SODEC pour leur soutien financier.

Illustration de couverture: Gérard

Dépôt légal: 3ᵉ trimestre 1998
Bibliothèque nationale du Québec

Diffusion au Canada: Dimedia
Distribution et diffusion Europe: Les Éditions du Seuil

Données de catalogage avant publication (Canada)

    Micone, Marco

    Le Figuier enchanté

    (Boréal compact; 93)

    Éd. originale: 1992.

    ISBN 2-89052-936-3

    I. Titre.

PS8576.I27F53   1998   C843'.54   C98-941218-0
PS9576.I27F53   1998
PQ3919.2.M52F53   1998

À Ghyslaine G.

*Aussi longtemps
que les mots de mon enfance
évoqueront un monde que les mots d'ici
ne pourront saisir, je resterai un immigré.*

EXORDE

Mon enfance échoua sur une de ces collines dénudées du Mezzogiorno[1], enclavé entre le dénuement et le mépris, où, régulièrement, les hommes étaient recrutés pour les guerres et l'émigration. Très tôt, je fus captivé autant par les récits de grand-père, relatant ses traversées transatlantiques du début du siècle, que par les exploits des martyrs de la patrie dont nous parlait le maître d'école jour après jour. Je n'acceptais pas cependant que, à côté du monolithe érigé à la mémoire des victimes du champ d'honneur, il n'y eût pas un monument, dix fois plus grand, en souvenir des disparus de l'émigration.

Déçu par une Amérique anthropophage qui engloutissait des communautés entières sans aucune reconnaissance, je souhaitais qu'il y eût une guerre le plus tôt possible pour pouvoir trépasser à l'instar de ce patriote préalpin pendu par les Autrichiens en criant *Viva l'Italia! Viva l'Italia! Viva l'It...!* Comme lui, j'espérais ne pas avoir le temps de terminer le dernier mot, me doutant déjà qu'en ce domaine la banalité condamne à l'oubli. Dans le sud rural, conquis par le nord industriel, les cours d'histoire achevaient l'ignoble besogne en faisant de nous les cocardiers grotesques d'un pays fictif.

L'exode fut biblique. Les nombreuses maisons vides, où les émigrés avaient laissé pour seul ornement l'image d'un Sacré-Cœur sanguinolent, rappelaient les évacuations de la dernière guerre. Dans d'autres, les veuves blanches de l'émigration sublimaient leur besoin d'aimer à coups de messes, de cancans et de robes noires. À Lofondo où, au début des années cinquante, s'entassaient près de deux mille personnes, l'institutrice de première année se trouva une décennie plus tard devant un seul écolier.

En cent ans, près de vingt-cinq millions d'Italiens quittèrent leur pays, les uns allant, vers la fin du siècle dernier, remplacer les esclaves nouvellement affranchis de l'Amérique du Sud, les autres déferlant sur l'Amérique du Nord.

Aujourd'hui, environ deux cent mille Québécois et plus de un million de Canadiens sont d'origine italienne.

«Je crois qu'il est de mon devoir d'attirer votre attention sur le fait que les Italiens sont bien connus pour être de mauvais colons [...] il semble malencontreux que cette classe d'immigrants soit amenée ici pour quelque travail que ce soit sauf pour le travail dans les mines [...] je crois que cette classe d'immigrants ne fera rien de bon pour notre pays[2].»

Voilà les propos outrageants vomis par le commissaire de l'Immigration de Winnipeg au début du siècle. En 1902, pas moins de 6000 Italiens s'échinaient à la construction des chemins de fer, partageant cette géhenne avec des Slaves et des Ukrainiens, afin de greffer une colonne vertébrale à un pachyderme déjà poussif et disloqué s'étirant du Pacifique à l'Atlantique.

Injustices et attitudes racistes se poursuivirent tout au long de l'histoire de l'immigration au Canada. Il suffit de se rappeler la taxe que durent payer les Chinois, au début du siècle, pour entrer au Canada, en plus des internements et spoliations subis par les Italiens et les Japonais pendant la Deuxième Guerre mondiale. Lorsque ces découvertes s'ajoutent à la certitude que l'émigration n'existerait pas si elle ne profitait pas en premier lieu au pays d'accueil, l'indignation surgit et l'immigré devient parfois écrivain.

Le recueil hybride qui suit, trace l'itinéraire

d'un enfant qui foula la gadoue avant la névasse[3].
Il crut longtemps que le reste du monde ressemblait à son village. Devenu adolescent, émigré
malgré lui, il souhaitait que Montréal y ressemblât.
Adulte, il est habité par une ville et par un village,
et il s'insurge contre ceux qui, dans la ville, érigent
des villages étriqués où ces étrangers, ces voleurs
de jobs, ces autres, ces ethniques, ces allophones et
ces gens du silence, en plus de leurs différences,
gravent aussi leurs ressemblances.

Un ouvrier gaspésien arrivé à Montréal dans
les années cinquante était-il moins démuni qu'un
paysan italien, grec ou portugais débarqué à la
même époque? Ne connurent-ils pas tous le déracinement et la solitude? Ne durent-ils pas se sou-
mettre aux mêmes règles implacables de la recherche du profit?

Que nous venions du bassin méditerranéen,
des Antilles, de l'Extrême-Orient, ou que nous
soyons d'origine amérindienne ou française, ne
ressentons-nous pas la même vulnérabilité, la
même impuissance devant des phénomènes incon-
trôlables d'ordre physique ou métaphysique? Étant
en outre régis par les mêmes lois et baignant dans
le même univers kafkaïen, ne sommes-nous pas
appelés à nous solidariser afin de préserver, para-
doxalement, le droit à la différence dans une desti-
née commune?

Les grandes œuvres littéraires le prouvent de manière éclatante: au delà des clivages, elles mettent à nu un noyau de désirs et d'angoisses, de rêves et de doutes enfoui en chacune de nos singularités. C'est parce que ces similitudes fondamentales entre les êtres humains existent, qu'il est possible de mieux accepter les différences de chacun.

LES THAUMATURGES

À Lofondo, tous redoutaient la naissance d'une fille autant que la grêle sur les jeunes grappes. Au début du siècle, la dot de chacune de mes trois tantes avait coûté cinq ans d'émigration à mon grand-père. Si j'eus le flair de naître mâle, je commis par contre l'imprudence d'imposer à mes parents mon jeune corps mollasse et affamé pendant la moisson. Le fossoyeur qui, par crainte d'être pris au dépourvu, creusait une tombe d'enfant au début de chaque mois, m'avait destiné celle du mois de juillet. Aussitôt, ma grand-mère courut y déposer des fleurs et y allumer un lampion. Quelques jours après, pendant que le sirocco enfiévrait corps et esprits, de ses bras je contemplais la funeste tranchée.

À mes premières coliques, le menuisier reçut de mon père une dame-jeanne de vin rouge vieux de deux ans pour un de ses cercueils de planches vermoulues au format unique. «Pour les cadavres trop longs, conseillait-il, on n'a qu'à plier les jambes et pencher la tête.» Sa femme, qui recouvrait le cercueil de tissu blanc, avait droit à quelques kilos de farine et à tous les égards normalement réservés aux notables. Elle était si friande d'attentions et de salamalecs qu'on la soupçonnait d'avoir recours à des rituels démoniaques lorsque le tocsin funèbre se taisait pendant plus d'un mois. Le curé aussi préférait ces âmelettes immaculées requérant à peine quelques gouttes d'eau bénite et un Avé avant d'aller bourdonner autour d'un de ces personnages importants de la hiérarchie céleste qui ornaient l'abside.

Depuis la naissance de sa benjamine, tante Rosaria n'avait souhaité qu'une chose: confier pour toujours son enfant à la Vierge pour qu'elle devînt pareille à ces angelots joufflus au teint rose qui voletaient à côté d'elle. «Ma petite est beaucoup mieux près de la Madone. Elle a fini d'être dévorée par les mouches», marmonnait-elle tout en esquissant un signe de croix pour lequel sa main couvrait à peine la distance du nez au menton. Dans une région où le corps était la principale source d'énergie, il fallait à tout prix en éviter le gaspillage.

Première fille après trois garçons, ma cousine

s'était trompée de sexe, de saison, mais surtout de maison dont l'unique pièce, bien qu'elle fût grande, ne suffisait plus depuis que ses parents avaient décidé d'y élever Mussolini: un porcelet prédestiné à être suspendu, comme le dictateur, tête vers le bas. Elle n'eut pas même droit à un prénom tant son décès était escompté de tous.

Son père l'avait toujours trouvée trop gracile tandis que sa mère n'avait cessé de faire à son sujet des rêves prémonitoires dont elle ne parla qu'après l'enterrement, ainsi que l'exigeait la coutume. La sage-femme était aussi d'avis que l'enfant sans nom n'avait aucune envie de voir le jour. «À l'accouchement, racontait-elle, ses petites mains se sont agrippées avec une telle force à l'utérus qu'une hémorragie a failli emporter la mère.»

Pendant les trois semaines qu'elle vécut, jamais elle ne pleura. Elle dormait sans relâche après avoir ingurgité une décoction d'herbes soporifiques. Le soir où sa mère, au retour d'une longue journée de travail, la trouva sans vie, elle eut à peine le temps de cacher le petit corps étique derrière le lit pour que son homme pût manger en paix. Après le repas, lorsque celui-ci fut conduit près du berceau, une éructation irrépressible étouffa un faible sanglot. Il fut ému de voir que sa fille, trop grande malgré tout, avait eu la prévenance de plier les jambes et de pencher la tête sur une épaule. «Elle était vraiment décidée à mourir», observa-t-il avec soulagement. Comme elle n'avait rien coûté, personne ne versa de larmes. Elle eut quand même droit à un court vocéro improvisé par tante Rosaria, qui pardonna d'être née à celle qui avait décidé de ne plus vivre.

Aux garçons, on n'administrait pas d'infusion. Tout le village était convaincu qu'ils ne la digéraient pas. Je pus donc vagir impunément des journées entières jusqu'à ce que ma mère, au retour de la campagne tard dans la soirée, me tendît les deux oreilles d'épagneul qui lui tenaient lieu de seins auxquels je puisais juste assez de lait pour survivre jusqu'au lendemain matin.

Tous furent étonnés de me voir encore vivant à la fin du mois de juillet. Et déjà, à la mi-août, je participais à la première procession dans les bras de ma mère. Des dizaines de femmes venaient me toucher avec, enroulé autour des doigts, un chapelet qu'elles portaient rapidement à leurs lèvres. Jamais nouveau-né n'avait survécu au mois de juillet. Je ne pouvais être qu'un thaumaturge, d'autant plus doué que je m'étais sauvé moi-même.

Depuis une semaine, malades et infirmes défilaient sans relâche devant mon berceau lorsque, soudain, l'unanimité s'effrita. D'aucuns croyaient que je devais ma survie à la Vierge, d'autres l'attribuaient à saint Antoine. Seul le curé croyait que les deux saints avaient dû se coaliser pour accomplir un tel exploit.

Sous les doigts rugueux des suppliantes qui me râpaient les joues et les mains, je fermais les yeux en signe de dédain. Aussitôt ces figures de corvidés parties, ma mère venait me remercier d'un grand sourire et, me prenant dans ses bras, me montrait les bouteilles d'huile d'olive et les clisses de ricotta qu'on m'avait apportées. Mais mon père, qui après avoir été un viril fasciste s'était mué en un non moins viril communiste aussitôt la guerre terminée, mit brusquement fin à ma carrière de guérisseur. «Les communistes ne croient pas aux miracles», dit-il, exaspéré, à un borgne venu d'un village voisin. Le même jour, son nom figurait sur la liste noire que le curé expédiait régulièrement aux consulats du Canada et des États-Unis.

La semaine suivante, après que la canicule eut tari sources et puits, une enfant déshydratée perdit connaissance sous un olivier séculaire aux formes spectrales. Lorsque les cris de la mère retentirent dans la vallée, un chœur de glaneuses accourut contournant les éteules en feu. «C'était la Vierge! C'était la Vierge! Elle est déjà apparue dans l'oliveraie», s'écria l'une d'elles en s'agenouillant les bras tendus vers le ciel. Le lendemain, ma mère constata avec envie l'attroupement qui s'était formé devant la masure de celle qui m'avait détrôné.

LE VILLAGE ENVOLÉ

Dès que je fus débarrassé des langes, je passai mes journées à califourchon sur les genoux de ma grand-mère septuagénaire. Percluse de rhumatismes, elle m'infligea des saccades spasmodiques pendant des mois car, depuis qu'une truie famélique avait déchiqueté un nourrisson, chaque enfant mâle avait son garde du porc. Entre deux spasmes, elle se hâtait de me raconter toujours la même histoire dont elle ne prononçait distinctement qu'un mot sur deux, pas toujours les mêmes, de sorte qu'à la longue, je finis par la reconstituer.

«Jadis, là-bas, sur cette colline, mâchonnait-elle, il y avait un village où vivaient des enfants qui empêchaient leurs pères d'émigrer. Chaque fois qu'un homme s'apprêtait à partir, tous les enfants pleuraient si fort et si longtemps que personne n'osait quitter le village. Pourtant, depuis des lustres, il n'y avait plus assez de maisons pour loger toute la communauté, et les vivres étaient si rares que les femmes et les vieillards ne mangeaient qu'un jour sur deux. Des sages vinrent de très loin supplier les enfants de laisser émigrer leurs pères, tandis que le souverain les menaça des sévices les plus atroces. Mais rien n'y fit. Une nuit, pendant que tous dormaient, le village, n'en pouvant plus de croupir dans tant d'indigence, s'arracha à la colline et se volatilisa. Depuis lors, les villageois font le tour du monde à la recherche de leur village.»

LE HAUT-DE-CHAUSSE

Là où tout le monde s'évertuait à fuir le soleil, il fallait la hardiesse d'un jeune médecin pour prescrire un séjour à la mer à un enfant de cinq ans. Frais émoulu de l'Université de Naples, il avait remplacé un vieux médicastre dont la pratique eugénique aurait fini par décimer le village n'eût été de la méfiance des mères. On l'avait surnommé Don Ricino pour la largesse avec laquelle il avait administré, pendant dix ans, l'huile de ricin aux antifascistes. S'étant enfui le jour même de la chute de Mussolini, il vagabonda quelques mois, pouilleux et loqueteux, jusqu'à ce que la dysenterie l'éviscérât dans les bas-fonds d'une ville portuaire. Lorsque la nouvelle arriva à Lofondo, Baffone, athée depuis toujours, s'exclama devant une poignée de camarades interloqués: «Dieu existe.»

Bien qu'on pût voir la mer de notre balcon, mes parents n'étaient allés qu'une seule fois à la plage, peu de temps après leur mariage. «Si je n'avais pas été obligée de cuisiner toute la journée sur la plage, j'y serais retournée», affirma ma mère en me faisant signe d'essayer le maillot de laine qu'elle venait de me tricoter. «Je n'ai jamais eu aussi soif de ma vie», répliqua mon père en se léchant les lèvres. Trois fiasques de vin avaient à peine suffi à le désaltérer ce jour-là. Le soleil aidant, la cuite fut mémorable. De retour à la maison, il dormit quarante-huit heures d'affilée après avoir dégorgé sur le lit une vinasse si fétide que ma mère déserta l'alcôve pendant deux semaines. «Cette fois-ci, tu iras seule avec Nino», trancha-t-il. Au même moment, j'eus la sensation d'être assis sur une fourmilière. «À la plage, tu ne sentiras rien», me rassura ma mère en m'enlevant le caleçon rêche qui m'excoriait les fesses.

N'ayant pas le droit de me baigner à cause d'une toux chronique, je fis pendant plusieurs jours des constructions de sable tandis que ma mère courait chercher de l'eau avec l'écuelle en fer-blanc dans laquelle nous mangions notre salade de tomates quotidienne. J'y allais de plus en plus à contrecœur. Nous arrivions, tard dans la matinée, dans un autobus antédiluvien, après avoir traversé cinq villages où attendaient quelques passagers et des sacs postaux. Une femme accompagnée d'un enfant souffreteux avait pris l'habitude de s'asseoir à côté de nous et, tout en discourant sur la maladie de son fils et sur l'hôpital où celui-ci recevait des traitements quotidiens, me regardait sans cesse en souriant. Dès le lendemain, elle m'apporta du chocolat et, par la suite, de nombreux cadeaux dont un ballon de plage multicolore qui fit s'agglutiner autour de moi autant de jeunes baigneurs que mon maillot de laine mal dessuintée en avait éloigné. Sans jamais me quitter des yeux, ma mère, vêtue d'une longue robe blanche ourlée de dentelle, se tenait debout sur le sable telle une vestale. Je finis par trouver du plaisir à être sur la plage jusqu'au jour où le ballon fut emporté vers le large. Voulant le récupérer, je trébuchai sur le gravier dissimulé sous les vaguelettes spumeuses. Lorsque ma mère m'en retira, un énorme pagne imbibé d'eau me couvrait les cuisses jusqu'aux rotules. Aussitôt, les enfants éclatèrent en rires moqueurs et s'éloignèrent de moi. Ce fut mon dernier jour de plage.

La prodigue inconnue refit surface à Lofondo la semaine suivante et, inexplicablement, me combla encore une fois de cadeaux. Elle habitait Ururi, un village où on parle encore l'albanais du quinzième siècle en plus de l'italien. Elle vivait seule avec son fils et comptait rejoindre à l'automne son mari émigré à Montréal. Redoutant l'examen médical exigé par le consulat du Canada à Rome, elle s'adressa à ma mère d'un ton grave, scandant chaque mot:

«Je vous serais éternellement reconnaissante si vous permettiez à Nino de remplacer mon fils qui n'est pas tout à fait guéri. Aucun autre garçon de la région ne lui ressemble autant.

— Il est trop jeune. Il n'acceptera jamais de voyager seul avec une étrangère, répliqua ma mère poliment tout en continuant de bluter la farine.

— Vous viendrez avec nous.

— Mon mari a besoin de moi pour la moisson.

— Je paierai une ouvrière pour vous remplacer, j'assumerai les dépenses du voyage à Rome et, en plus, je vous donnerai 50 000 lires», dit-elle en posant sa main sur le blutoir. C'était la somme d'argent qui manquait à ma mère pour acheter la machine à coudre dont elle rêvait depuis ma naissance.

Le lendemain, de bonne heure, j'étais chez le photographe pour la photo du passeport, assis sur les genoux de l'Albanaise, pendant que ma mère, debout derrière l'appareil, rêvait de sa première visite dans la capitale et de la Singer à pédale.

«Au retour de Rome, je vais te confectionner un maillot de coton et nous irons de nouveau à la plage,» me dit-elle après la séance de photos.

L'Albanaise nous proposa de voyager de nuit pour économiser les frais d'hébergement. Ma mère acquiesça de peur que notre bienfaitrice n'entamât la somme qu'elle nous devait. Rome étant située de l'autre côté des Apennins, il nous fallut changer de train trois fois de sorte que nous passâmes la moitié de la nuit à attendre sur les quais de gare. Vers dix heures du matin, nous nous retrouvâmes enfin dans la salle d'attente du consulat du Canada et aussitôt, assis sur les genoux de ma mère, je m'abîmai dans un sommeil si profond que personne ne réussit à me réveiller. Lorsque, deux heures plus tard, l'Albanaise émergea de la salle d'examen, elle s'approcha de ma mère pour lui tendre un billet de dix mille lires et, en me secouant, lui chuchota à l'oreille: «Le reste m'a servi à acheter le médecin qui avait tout deviné. — Ma Singer! Ma Singer!» gémit ma mère.

Je me revis tout à coup sur la plage, piégé entre la honte d'être ensaché dans un haut-de-chausse de laine vierge mouillée et celle de montrer, au milieu de mon glabre pénil, le chaste appendice atrophié par l'eau froide de la mer.

LES FEMMES AUX ABOTS

Lorsque mon père reçut l'autorisation d'émigrer, le tiers du village s'était déjà expatrié. Ayant si longtemps dénoncé l'émigration, il justifiait son départ en disant que celle-ci avait achevé le village. «T'en as de la chance de pouvoir quitter cette terre maudite par Dieu et par les hommes», lui répétaient ceux qui n'avaient aucun espoir d'émigrer. Le visage de ma mère se crispait chaque fois qu'on vantait les mérites d'une Amérique qui avait emporté tant de monde.

Veuve blanche, elle verra tout le monde scruter chacun de ses gestes. Le mari lui manquera beaucoup plus que l'homme. De soumise à celui à qui elle avait promis obéissance, elle deviendra captive de toute la communauté, mais surtout de grand-père qui connaissait l'Amérique comme son étable, une Amérique qui franchissait à peine la

section de la voie ferrée sur laquelle il avait tra-
vaillé au début du siècle. Analphabète comme
tant d'autres, il ira voir Rosina, quelques fois par
année, pour lui demander de rédiger à l'intention
de mon père le rapport sur la conduite de sa bru.
Personne ne se doutera que l'écrivaine publique
griffonnait toujours le même billet: des éloges sur
le comportement de ces gérantes de la misère et
un besoin urgent d'argent.

L'Amérique était une hétaïre que les méridionaux se disputaient de père en fils. Les hommes
devaient partir. Refuser d'émigrer était aussi avilis-
sant que de ne pouvoir consommer le mariage.
Deux autres paysans se joignirent à mon père.
Alors que tous avaient espéré que la réforme
agraire leur éviterait l'exil, cinq familles seulement
furent appelées à la mairie. Chacune reçut un
demi-hectare à deux heures de marche du village.
L'Amérique paraissait beaucoup plus proche.

— Un mouchoir de terre. Qu'est-ce que vous
voulez qu'on fasse avec un mouchoir de terre,
protestaient les femmes regroupées autour de la
fontaine.

— C'est ça la réforme. Même pas assez grand
pour y creuser les tombes d'une seule famille.

— Il n'y a que les hommes qui partent. Nous,
nous restons avec les abots aux pieds, comme les
juments.

— Les riches restent. C'est les pauvres qui partent.

À Lofondo, où l'eau courante était un projet cent fois reporté, la fontaine permettait aux femmes de récriminer loin du regard des hommes.

«Qu'ils partent! Qu'ils partent!», ne cessait de répéter celle qui avait été violée par un Allemand pendant la guerre. «On sera mieux entre femmes.» Il y eut un moment de silence et le groupe se dispersa.

Les malheureux bénéficiaires de la réforme quittèrent la mairie en maudissant le Christ qui, au fond de la salle, restait accroché à sa croix, aussi indifférent que le gouvernement. La nuit suivante, mon père bloqua l'entrée de la mairie avec un énorme billot sur lequel s'assoyaient, à l'ombre du platane, pas moins de douze vieillards. Il fallut tout le conseil municipal pour le déplacer.

Mes parents avaient parlé une bonne partie de la nuit. Le matin, aussitôt habillé, mon père s'empressa d'aller ouvrir pour laisser entrer parents et amis qui glissèrent dans ses poches une dizaine de lettres à l'intention de leur parenté émigrée. Sur les enveloppes, on pouvait lire «rue Wolfe, Saint-Laurent, Dante» et, sur l'une d'elles, une femme, qui n'avait plus de nouvelles de son mari, avait écrit «Taverne Mozart». Connu de tous au village, ce lieu de beuveries, où s'abolissaient les classes sociales, donnait l'occasion aux anciens métayers et journaliers de se venger des propriétaires terriens émigrés. C'était aussi l'endroit où ces hommes seuls se renseignaient sur les emplois, les pensions, les lupanars et bien d'autres services citadins. En remplaçant *la barberia* du village, la taverne en avait aussi décuplé les fonctions.

Lorsque ma mère entendit le chauffeur de l'autobus crier aux émigrants de se dépêcher, elle fondit en larmes. Sans plus attendre, mon père prit sa valise d'une main, de l'autre la mienne, et nous sortîmes. Un long cortège nous suivait. Soutenue par ses deux sœurs, ma mère sanglotait. Le long du parcours, des hommes accouraient de toutes parts en silence pendant que leurs femmes, accoudées aux fenêtres, clamaient de leurs voix stridentes les bienfaits et les malheurs de l'émigration. Vêtus de leurs vieux habits de noce, trois hommes quittaient le village pour la première fois depuis leur service militaire.

Au milieu de la grande place, des dizaines de paysans dépenaillés entouraient l'autobus comme pour l'empêcher de partir. Devant ce véhicule qui bringuebalait en exhalant une épaisse fumée noire, je vis pour la première fois mes parents s'embrasser et rester longtemps dans les bras l'un de l'autre. J'étais si heureux que je criai: *Viva l'America! Viva l'America! Viva l'Ame...!* Je me sentis tout à coup défaillir. J'eus à peine la force d'entourer de mes bras les jambes de mon père pendant quelques instants. Je ne comprenais pas pourquoi il émigrait. Je croyais que nous étions bien au village, et être mieux ailleurs n'avait aucun sens pour moi.

L'autobus était à peine parti qu'on m'appelait déjà le fils de l'Américain. Ce nouveau statut me valut presque immédiatement des habits neufs. Cependant, mes amis, dont les pères avaient déjà émigré, ne me tinrent pour leur égal que du moment où je pus leur montrer le billet de deux dollars reçu dans la première lettre. Je me hâtai de l'échanger contre des pièces de cinquante lires que je faisais tinter dans mes poches chaque fois que je croisais un camarade.

«PAS DE CHIENS,
PAS D'ITALIENS.»

Juillet 1951

Chère Anna,

C'est la troisième fois que je recommence la lettre. J'ai appuyé trop fort et le papier s'est déchiré. Il n'est pas facile de passer de la truelle au stylo. J'habite chez ma cousine, la veuve, avec trois autres immigrants. Celui qui travaille la nuit dort dans mon lit l'après-midi. La cousine dit que j'ai de la chance. Mon lit est toujours chaud. Il s'est aussi rasé la tête pour s'empêcher de sortir la fin de semaine. Pour lire, mais aussi pour économiser parce qu'il veut rentrer en Calabre le plus tôt possible. Il a une valise pleine de livres. Il m'a fait lire Fontamara, un roman qui parle de nous, les paysans. Quand je lui ai demandé pourquoi il tenait tellement à retourner chez lui, il m'a montré une pancarte qu'il avait arrachée devant l'entrée d'une maison voisine sur laquelle il est écrit: «Pas de chiens, pas d'Italiens.» Je travaille pour un Italien qui traite les ouvriers comme des chiens. La fin de semaine, il nous oblige à construire son chalet sans nous payer. J'ai commencé à travailler deux jours après mon arrivée, grâce au fils de la cousine. C'est la première fois que je revois des Italiens du nord depuis mon service militaire à Padoue. Ils nous appellent encore culs-terreux, nous, les méridionaux. Ils se moquent aussi de notre parler saccadé. Il y en a un qui m'a même reproché de trop travailler. J'avais oublié combien il est difficile d'écrire. J'ai toujours peur de déchirer le papier. La dernière fois que j'ai écrit une lettre, c'était à Padoue. Le lieutenant avait obligé tous les nouveaux soldats à écrire à leurs parents. À moi et aux autres méridionaux, il nous avait demandé d'envoyer une lettre déjà écrite. Il était convaincu que nous étions tous analphabètes. Pour lui donner l'impression qu'un cul-terreux pouvait écrire aussi bien que les autres, j'avais répété *sono contento* deux cents fois après *cari genitori*. Il ne s'est aperçu de rien. Il m'a même félicité. Plus jamais je ne réussirai à écrire une lettre comme celle-là. Elle exprimait exactement ce que je ressentais. J'étais content de quitter le village étouffant et mon père qui tenait moins à mon âme qu'à son âne. Cette fois-ci, je n'ai aucune envie d'écrire sono contento. Pas même une seule fois. J'ai les mains et les pieds dans le ciment dix heures par jour et je suis entouré d'hommes qui n'ont pas vu leur famille depuis des années. Quand ils parlent d'eux-mêmes, on dirait qu'ils décrivent un chantier.

Ton mari, Carlo

Cher Nino,

Lorsque j'avais ton âge, mon père était à Montréal. Il avait émigré pour la première fois aussitôt après ma naissance. Moi, j'ai attendu que tu ailles à l'école pour que tu puisses m'écrire au moins à Noël et à Pâques. Ici, il y a un fleuve aussi large que l'Adriatique et on parle deux langues. Bientôt, je vais m'inscrire à des cours du soir, mais je ne sais pas encore si je dois apprendre la langue des patrons ou celle des ouvriers. Aussitôt que je saurai me débrouiller, j'irai travailler en usine. Sur le chantier de construction, il arrive au moins un accident par semaine.

Deux dollars sont pour toi, le reste est pour ta mère.

Ton père

Dans la lettre suivante, il n'y avait pas d'argent. Ma mère la déchira après l'avoir lue à haute voix. Mon père y parlait des lourds fardeaux de briques et de ciment qu'il coltinait sur un chantier de construction. Il disait aussi qu'il avait l'intention de rentrer le plus tôt possible, et que l'image paradisiaque de l'Amérique était une fabrication d'agents d'émigration et de politicards. Mais il aura honte de rentrer.

Il craignait d'être ridiculisé comme Gennaro qui était revenu après trois mois seulement. Le village était divisé entre ceux qui croyaient qu'il couvait une maladie incurable et les autres qui répétaient que l'Amérique n'était pas faite pour les poltrons. Lorsque Gennaro eut raconté qu'il avait vu bien plus de pauvres qu'au village, on le traita de menteur. Mais après qu'il eut décrit ces «souliers bizarres avec des lames sous les semelles que les enfants chaussaient pour jouer sur la glace», le diagnostic de ceux dont parents et amis étaient partis dans tous les azimuts fut impitoyable: «azimuté».

Les lettres de mon père nous parvenaient à intervalles irréguliers. Il se plaignait souvent de son salaire, qu'il jugeait insuffisant pour faire vivre une famille à Montréal. Même si la plupart de mes amis étaient déjà partis, jamais je ne lui écrivis que je voulais le rejoindre. Les quelques mots que j'avais l'habitude d'ajouter aux billets laconiques de ma mère le renseignaient principalement sur mes succès scolaires auxquels j'étais de plus en plus indifférent au fur et à mesure que le nombre d'élèves diminuait. Avec le temps, je m'étais tellement attaché à grand-père que le chagrin que j'éprouvais à l'idée de le quitter me faisait oublier la crainte de ne plus revoir mon père.

L'ÉMIGRANT EN SURSIS

De mon balcon, nous sautâmes sur un des toits surplombant la place de la mairie où le *deputato rosso* allait livrer son discours annuel. Munis de crécelles, Luca et moi restâmes étendus sur le ventre pendant au moins une heure. Cet avatar partisan d'anciens comices agricoles attirait des dizaines de paysans parmi les plus pauvres. Ils rêvaient tous de l'utopie soviétique en attendant d'émigrer vers l'Amérique.

L'année précédente, le curé avait demandé au sacristain de sonner les cloches de l'église pour éloigner l'orateur maléfique. Il l'avait payé cher. Deux jours après, à la Saint-Antoine, la procession dut être annulée faute de fidèles. «Cette fois, c'est à vos deux crécelles que je confie la tâche de faire taire le verbe satanique», nous dit-il en nous rétribuant avec des retailles d'hosties.

Allongés sur les tuiles brûlantes, nous mangions goulûment de ce pain azyme collant au palais lorsque j'aperçus dans ma main une hostie parfaitement ronde, comme celles que seul le curé avait le droit de toucher. La crainte de commettre un sacrilège m'ayant tout fait lâcher, je fus étonné de voir le corps du Christ transsubstantié choir telle une feuille morte.

Le député apparut enfin, accueilli par une salve de slogans et d'applaudissements. Tous écoutaient en bons prolétaires le disciple de Staline à la voix de stentor qui, à chaque fin de phrase, levait le bras droit et les talons. Après seulement quelques mesures bien cadencées de cette partition incantatoire, Luca proposa d'y mettre un terme. Subjugué par ce foudre d'éloquence, je rappelai à mon complice que nous devions intervenir au moment où nous entendrions prononcer *Église catholique* ou *Démocratie chrétienne*, comme nous l'avait demandé le curé, convaincu que le tribun se lancerait dans une diatribe contre ces deux institutions. Mais celui-ci parlait de maisons vides, de villages détruits et de femmes que les maris émigrés abandonnaient trop souvent. Je croyais entendre mon père. À quelques jours de son départ, Luca aurait préféré des propos plus rassurants. Je le priai de rester attentif et coi jusqu'à la fin. Puis, aussitôt la foule dispersée, furieux d'avoir été trompés par celui-là même qui nous avait si souvent dit que le mensonge était un péché grave, nous lançâmes nos crécelles au loin pendant qu'un lézard, rampant sur l'hostie, nous vengeait du curé.

Nous rejoignîmes le père de Luca chez le barbier, qui, de son index boudiné, gonflait les joues creuses d'un vieillard édenté. Les futurs émigrés subissaient impassibles la harangue de Baffone. «Vous croyez vraiment que vous allez vous enrichir? L'émigration est une guerre pire que celle que nous venons de vivre. De la guerre, beaucoup en reviennent; de l'émigration, personne. Dans dix ans, le village n'existera plus.» Seul le père de Luca osa riposter avant de claquer la porte. «Pour nous, il n'y a qu'une chose pire que l'émigration: ne pas émigrer.»

Celui-ci étant mon parrain, ma mère avait mis de côté une douzaine d'œufs depuis deux semaines pour lui faire un *panettone*[4] qu'elle voulait servir au souper d'adieu prévu pour le soir même. Sur la table de la cuisine, autour d'une corbeille contenant les œufs, elle avait disposé un bol, de la farine, un verre d'huile et du sucre pour pouvoir, après une longue après-midi de sarclage dans le potager, faire le gâteau rapidement. C'était l'occasion rêvée pour Luca et moi de nous adonner au petit commerce illicite qui nous avait tant rapporté les deux fois précédentes.

Après avoir couvert la corbeille d'une ser-
viette, nous courûmes en troquer le contenu
contre toute la gomme à mâcher à vendre chez
l'unique épicier. Nous installâmes ensuite devant
chez moi une petite table sur laquelle un écriteau
annonçait ces *délices américains* et, en quelques
minutes, nous remplîmes de nouveau le panier en
ne vendant que la moitié de la gomme dont nous
détenions le monopole. À notre grande surprise,
nos jeunes clients prirent aussitôt leurs jambes à
leur cou en s'esclaffant au lieu de ruminer sur
place, comme d'habitude, tels de jeunes veaux à
peine sevrés. Le regard inquiet de Luca croisa un
instant le mien et, immédiatement, nous ran-
geâmes notre comptoir de fortune à la manière de
vulgaires mercantis démasqués.

En classe, le lendemain, pendant que le professeur déployait la mappemonde comme il l'avait
fait la veille du départ de chacun de nos camarades, je prenais les commandes de gomme que
Luca avait promis d'expédier aussitôt arrivé à
Montréal.

En ces jours d'adieux, le maître, qui, d'habitude, pour le moindre manquement nous infligeait
de longues stations à genoux sur des pois chiches,
abolissait les sanctions et nous parlait toute la
journée des villes et des pays où émigraient nos
amis. Comme nous étions presque tous des

émigrants en sursis, la découverte de chaque nouvelle destination renforçait en chacun de nous l'illusion du choix.

Après un exercice de maïeutique raté destiné à cacher son ignorance, le professeur se résigna enfin à chercher lui-même Montréal. Debout, devant l'hémisphère occidental, il commença à explorer le littoral de la Colombie-Britannique. Pendant que son index serpentait vers le nord, il nous demanda ce qu'étaient des séquoias et des totems. Se butant à un silence sépulcral, il se retourna brusquement pour nous traiter d'ignares et continua de scruter l'Alaska et le Yukon. Visiblement frustré, il promena son doigt obliquement à travers les Prairies, contourna les Grands Lacs pour ensuite rapidement remonter jusqu'au cercle polaire devant lequel il resta de glace quelques instants. Croyant qu'il avait enfin trouvé Montréal, nous nous rapprochâmes du professeur pétrifié et, au moment où il cassa le crayon qu'il tenait dans la main gauche, nous nous rassîmes. Lorsqu'il reprit contenance, il nous assura que l'endroit où irait Luca s'appelait bel et bien Montréal, une ville sans importance dont la minorité francophone était en voie d'assimilation. En sortant de la classe, Luca répétait, la bouche pleine de gomme à mâcher, *aloviou* et *aouariou*.

Après l'école, nous nous précipitâmes chez le

barbier pour y chercher une feuille de journal avec laquelle grand-père roulait ses cigarettes. Aussitôt entré, je me retrouvai assis malgré moi devant un miroir si désétamé que même la lumière s'y abîmait. Je ne comprenais pas pourquoi celui auquel la flaccidité de son énorme séant en forme de figue avait valu le surnom de *figuero* insistait tant pour me couper les cheveux. Je finis par accepter lorsqu'il menaça de ne pas me donner le papier.

Tout en me postillonnant copieusement dans le visage, il me confia combien il aurait aimé que son fils fût aussi rusé que moi. À chaque coup de ciseaux, il égrenait un compliment, si bien que la surenchère finit par me rendre méfiant. Au moment où, dans un rire gouailleur, il rapprocha son groin cramoisi de mon visage, je ne pus retenir une soudaine incontinence.

Mon tortionnaire aviné continuait toujours de me couper les cheveux tout en parlant, de sorte que j'attribuai à son bavardage inusité la distraction de s'être attardé aussi longtemps du côté gauche. À plusieurs reprises, j'eus le souffle coupé par la forte odeur de lie qu'exhalait son antre buccal en putréfaction. Soudain, reculant de quelques pas, il me fixa longuement de ses yeux chassieux avant de beugler: «Je te couperai le côté droit après que tu m'auras remis tous les œufs que tu as volés à mon fils.» Luca gloussait dans l'embrasure de la porte, tandis que moi, les poings serrés, je jurais qu'un jour je quitterais le village.

Honteux, je regagnai la maison par un lacis de venelles sombres et désertes. Lorsque j'aperçus ma mère debout, derrière la table de la cuisine, les mains sur les hanches, j'appréhendai le pire. «Viens casser les œufs», m'enjoignit-elle sans desserrer les dents. J'avançai lentement du côté droit, les yeux rivés sur des fragments d'œufs durs éparpillés sur la table. J'en pris un entier dans la corbeille. Il refusa de se casser. Puis un deuxième et un troisième. Les coquilles se fissuraient tout en restant collées à la membrane. À l'instant où j'allais suggérer que les poules avaient sans doute eu trop chaud pendant la canicule qui venait de se terminer, la main droite de ma mère se leva telle une catapulte, heurta au passage le panier œuvé pour finalement s'imprimer sur la partie rasée de ma tête.

L'AMIGRÉ

Cher Nino,

Lis le dernier paragraphe de cette lettre avant le reste. Maintenant, va sur le balcon, celui sur lequel ta mère fait sécher les figues. Si c'est brumeux, attends que ce soit clair et que tu puisses voir Santa Croce, Rotello et Bonefro. Tu vois cette immense vallée avec ses centaines de champs de blé? Imagine-la parfaitement plate et sillonnée de rues asphaltées se croisant à angle droit avec des milliers de maisons carrées en briques rouges. En plein milieu, il y a une colline pleine d'arbres où mes parents m'ont emmené, pour la première fois, dimanche dernier. Je n'ai jamais rien vu d'aussi laid. Seule la vue du fleuve au loin a pu me faire oublier un instant les milliers de toits goudronnés.

Mon école est aussi loin que Bonefro. Elle est française. Tout près de chez moi, il y en a une anglaise, mais je n'ai pas réussi à m'y inscrire. Le jour de l'inscription, je me suis rendu avec ma mère dans la cour de l'école à cinq heures du matin. Il y avait déjà beaucoup de monde. Lorsque le directeur a ouvert les portes vers huit heures, tous se sont précipités vers les salles de classe en se bousculant. Quand je suis arrivé dans ma classe, toutes les places étaient prises. C'est pour ça que j'ai fréquenté l'école française.

Il est quatre heures de l'après-midi. Je suis tout seul dans la maison de ma tante qui n'a pas encore d'enfant même si elle est mariée depuis dix ans. Elle dit en vouloir, mais une fois que sa maison sera payée. J'espère que tu vas venir bientôt et que tu vas habiter tout près. Nous pourrions même tous rester dans le même logement. Il y a une pièce presque vide avec seulement un divan, un fauteuil et un appareil de télévision. Mon oncle y a collé une feuille de cellophane en trois couleurs. Moi, je la préfère en noir et blanc parce que ça me rappelle les couleurs du village. Il reste assez de place pour y mettre un grand lit pour toi et tes parents. Mais si tu préfères ne plus dormir avec eux, je suis prêt à partager la mienne avec toi.

Les maisons, ici, ne sont pas comme celles de chez nous et les gens sont tous ménéfréghistes[5]. Il y a aussi une famille au deuxième étage et une autre au sous-sol. Je n'ai jamais vu personne, mais j'entends des voix, surtout lorsque je me lave tout nu dans la salle de bains sous un jet d'eau très fort qu'ici on appelle la douche. Au début, je devenais bleu à force de retenir mon souffle. Maintenant, ça va mieux. J'ai appris à ne pas laisser couler l'eau sur mon visage. Il y a aussi une cuvette de porcelaine blanche reliée à un tuyau au-dessus duquel il y a un réservoir d'eau. La première fois que je l'ai utilisé, j'ai bondi jusque dans la baignoire en tenant fermement mon pantalon. L'eau tourbillonne avec un tel bruit qu'encore maintenant j'ai peur d'être englouti. C'est peut-être pour ça que je suis si constipé.

Quelqu'un frappe à la porte. Ma tante m'a dit de n'ouvrir à personne. Jamais. On cogne de plus en plus fort. Je cours mettre une chaise derrière la porte sans faire de bruit. Je me rassois. Mes mains tremblent. Je m'arrête d'écrire un moment. Un homme crie dans l'escalier. Il monte au deuxième étage. Je l'entends marcher. Je... j'ai laissé tomber mon crayon au moment où le téléphone a commencé à sonner. C'est plus fort qu'une crécelle. Ma tante m'a dit de ne pas répondre. J'entends l'homme rugir du deuxième étage. Je m'enfuirais par la porte arrière si je ne devais pas surveiller la sauce tomate. Deux heures d'esclavage chaque après-midi. Une clé tourne dans la porte. J'ai peur. Je... je suis armé d'un couteau. Je... je viens de passer une demi-heure avec le propriétaire. Au moment où il a ouvert la porte, mes mains tremblaient tellement que j'ai lâché mon arme. Mais je l'ai accueilli avec un regard si méchant que j'en avais les armes aux yeux. Il m'a fait comprendre qu'il aurait préféré que j'ouvre moi-même. D'un geste brusque, il m'a pris par le bras et m'a conduit dans la salle de bains qui est juste sous la nôtre pour me montrer le plâtre boursouflé du plafond. Il est ensuite remonté avec moi et est reparti après avoir bouché la douche. Connaissant ma tante, elle va tous nous obliger à prendre le bain dans la même eau pour économiser. Je risque d'être le dernier, chaque fois. Mais, pour le moment, ce n'est pas ce qui m'inquiète le plus.

Devant moi, sur la table, il y a mon livre d'histoire. Je n'y comprends rien. Pas un seul mot ne ressemble à l'italien. Il y a plus de lettres qui ne se prononcent pas qu'il y en a qui se prononcent. Si tu savais comment ils écrivent utawè. Même les noms de Cristoforo Colombo et de Vittorio Emanuele ont été changés. Au début, je croyais qu'en deux ou trois semaines j'arriverais à me débrouiller, mais après un mois et demi, je ne suis pas beaucoup plus avancé. Personne ne s'occupe de moi. Je reste assis en classe des journées entières sans rien comprendre. Je regrette de ne pas être assez grand pour aller travailler. Quand le professeur prend les présences, je ne reconnais même pas mon nom tellement il le prononce de façon étrange. De Ciciola Luca, je suis devenu Luca Sissiola avec un accent à la fin de chaque mot et un «u» que je ne réussirai jamais à prononcer.

Je n'ai pas oublié la gomme à mâcher. Je suis déjà allé au magasin, mais je n'ai pas réussi à me faire comprendre. Quand tu recevras le colis de chicklets, tu sauras que j'ai moins de difficultés à l'école. Qu'est-ce que je donnerais pour quelques figues fraîches et leur goutte de miel qui vaut tout le chewing-gum de l'Amérique!

Ton amigré, Luca

LA RÉPÉTITION

Décembre 1957

Cher Nino,

Je serais rentré souvent si je n'avais pas toujours fait le même rêve. Dès que j'apercevais le village, il s'éloignait à chacun de mes pas et puis disparaissait.

Dans deux mois, tu seras ici. Ça me paraît aussi long que mes six années d'absence. Te revoir me fera oublier le plaisir que j'avais à t'écrire. Il y en a à qui l'émigration a permis de s'enrichir; moi, si je n'avais pas émigré, je n'aurais pas appris à écrire. Quand le Calabrais est parti, il m'a laissé tous ses livres. Je les ai lus au moins trois fois. J'ai un cahier plein de mots que je trouve beaux. Un jour, nous en ferons des poèmes.

Pour bien te préparer à émigrer, prends note

de tout ce que tu n'aimes pas au village. Tu en auras besoin lorsque le désir de rentrer sera plus fort que tout. Ensuite, va voir la vieille Cristina atteinte de catatonie. Parle-lui. Pose-lui la même question des dizaines de fois, même si elle est incapable de te répondre. Puis cours t'enfermer dans ta chambre jusqu'à ton départ et ne vois plus tes amis.

Ton ami Luca est parti s'installer à Toronto avec sa famille. À ton arrivée, je te présenterai Gianni, un garçon de ton âge immigré l'été dernier. Il est originaire de Bonefro et habite un coin de la ville où les maisons ainsi que les rues se ressemblent beaucoup. Devant chez lui, il y avait le seul arbre du quartier devenu le point de repère faisant oublier tous les autres. La foudre l'ayant fendu en plein milieu lors d'un violent orage, des ouvriers sont venus le couper le jour même. Au retour de l'usine, ne voyant plus l'arbre, son père a cru s'être trompé de rue. Il a erré un bon moment avant de rentrer. Lorsqu'il a demandé à son fils comment il avait fait pour reconnaître la maison, Gianni l'a conduit près de l'entrée et lui a montré quelques corolles blanches regroupées en bouquet dont les hampes s'étaient redressées depuis qu'il avait commencé à s'en occuper.

C'est ton père qui t'écrit: un homme que tu ne reconnaîtras pas et à qui tu devras réapprendre à t'aimer.

BÉ-A-OU-CO-OUP

New York. Je ne savais pas encore que le Québec existait. Ma destination était l'Amérique. Je n'avais pas entrepris ce long voyage pour échouer dans un endroit moins grand que mes rêves. Je voulais vivre à l'ombre des gratte-ciel. Pendant que le navire accostait, des centaines de passagers se précipitèrent sur le pont. J'y étais déjà avec ma mère depuis un bon moment. Chacun des passagers essayait de reconnaître quelqu'un sur le quai venu le chercher. Mon père ne pouvait être là. Dans sa dernière lettre à ma mère, il nous avait donné rendez-vous à Montréal qui devait être à quelques minutes de New York tout au plus. Je savais que je verrais l'Empire State Building de ma chambre. Ma chambre à moi.

Au milieu de la foule qui gesticulait sur le quai, un homme regardait en ma direction et semblait m'appeler par mon nom. Je regardai autour de moi et, voyant d'autres personnes répondre à ses appels, je consentis à rester orphelin pendant encore quelques instants. Ma mère paraissait soulagée que mon père n'y fût pas. Elle m'avait souvent répété qu'elle venait le rejoindre pour moi. «Les adolescents ont besoin de leur père», disait-elle. Le pont du navire se vida lentement dans les cris et les bousculades. J'étais heureux de quitter ce lieu de torture où ma mère m'avait obligé à manger trois repas par jour tout en sachant que j'allais les vomir presque immédiatement. Elle me disait qu'il en restait toujours quelque chose. Les yeux rivés sur le spectacle saisissant de Manhattan, je gravai cette image dans ma mémoire pour ensuite pouvoir la comparer avec celle que je verrais de ma chambre. Je ne pensais déjà plus à l'épreuve du voyage. Seule une odeur de vomissure demeurait incrustée au fond de mes narines.

Avec quelques dizaines d'autres passagers, nous nous engouffrâmes dans un autobus qui devait nous conduire à la gare des trains. Personne ne savait combien de temps nous y resterions. Pour ma part, j'étais certain qu'on aurait pu y aller à pied, si la traversée ne nous avait pas tant affaiblis. Je n'éprouvais aucune émotion à l'idée de revoir mon père après une si longue absence. Il

était devenu le protagoniste d'un feuilleton épis-
tolaire dans lequel je tenais le rôle d'un figurant
épisodique.

À mon grand étonnement, nous nous trouvâmes dans un train. L'inquiétude se mêlait à la
fatigue. J'étais sur le point de m'endormir lorsqu'un employé nous apporta un plateau de trian-
gles spongieux de couleur blanche et bordés de
brun à l'intérieur desquels une tranche d'une
matière brunâtre était recouverte d'une substance
crémeuse jaune vif. Je les examinai avec méfiance
et dédain, car la moindre pression exercée par les
doigts y laissait un creux inquiétant. Ayant été
obligé par ma mère d'en prendre quelques bouchées, je me rendormis sans avoir tout avalé. Elle
venait à peine de s'assoupir lorsque je me réveillai
avec une violence telle que ma tête heurta son
menton. Incapable de respirer, je me penchai jusqu'à toucher mes genoux du visage et, de ma
gorge, jaillit une matière mucilagineuse que mon
estomac pourtant affamé avait expulsée. Je jetai un
coup d'œil du côté des sandwiches, il n'en manquait que deux bouchées. Soulagé, je mis ma joue
sur la main chaude et rugueuse de ma mère pour
me rendormir. J'étais de plus en plus inquiet. Se
pouvait-il qu'on pût rouler si longtemps sans perdre de vue les gratte-ciel?

À l'aube, mon père m'exhuma de mon

sommeil. «T'as pas beaucoup changé», dit-il à ma mère. Il avait beaucoup engraissé. Il prit les valises et nous descendîmes du train. Dans le taxi qui nous attendait à la sortie de la gare, je pris place entre mes parents. Mon père parla longtemps avec le chauffeur une langue que je ne comprenais pas. En s'adressant à moi, il utilisa *street* et *car*. Avait-il oublié de parler comme moi? L'inquiétude se dissipa lorsque nous nous trouvâmes dans notre logement, où nous attendaient sa cousine et quelques amis originaires du village.

À table, devant un demi-poulet qui, à Lofondo, aurait nourri trois personnes, mon père posa sa lourde main sur ma tête en disant: «C'est ça, l'Amérique.» La blancheur de la cuisine me rappelait les interminables congères que je venais de voir par la fenêtre du taxi. Je restai assis dans ce décor glacial à regarder une quinzaine de personnes se goinfrer pendant des heures. Me sentant négligé, j'allai me réfugier au salon et m'allonger sur le divan. Ma joue adhérait à une surface lisse et moite. En peu de temps, le devant de ma chemise et celui de mon pantalon étaient complètement mouillés. Je m'assis donc à demi comateux sur cette épaisse housse de plastique pendant que, de l'autre côté du salon, une tête d'Indien empanachée me regardait, aussi seule sur son écran que moi sur le divan. Une voix d'homme m'appela.

C'était peut-être celle de mon père que je ne distinguais pas encore.

Soudain, me souvenant des gratte-ciel, je courus regarder par la fenêtre. Rien que des maisons aussi petites que celle où j'habitais! C'était tout à fait normal, pensai-je, puisque le salon était du côté opposé à ma chambre, où je n'avais pas encore osé pénétrer. L'important après tout, c'était d'être tout près de New York: la plus grande ville de l'ouest, comme disait mon professeur. Ce qui avait provoqué chez moi une réflexion des plus complexes. Comment savoir où étaient l'est et l'ouest si la terre tourne sur elle-même? Lorsque l'Amérique est à l'ouest et l'Italie à l'est, à dix heures du matin, quel pays sera à l'ouest six heures plus tard? Est-ce que l'Italie serait à l'ouest puisqu'elle aurait rejoint l'Amérique si celle-ci était restée immobile? J'étais parti avec la certitude qu'une fois sur place j'aurais percé le mystère. La plupart des gens émigraient pour des raisons politiques ou économiques, les miennes étaient géographiques.

Deux jours après mon arrivée, le directeur d'une école française de mon quartier m'aiguilla vers Saint-Philippe-Bénizi. Ce nom à consonance italienne me rassura. Le lendemain matin, des fenêtres givrées d'un autobus, la ville m'apparut tel un immense labyrinthe. Ma mère s'approcha du chauffeur pour lui signaler que nous voulions descendre à Djantalo et San-Lorenz. Livides d'angoisse, nous reprîmes courage en entendant des passagers parler italien. L'un d'eux descendit avec nous, mais sans pouvoir nous aider. J'en profitai pour continuer ma recherche des gratte-ciel que je n'avais pu voir de ma chambre. J'étais entouré de vieux édifices de quelques étages. Je grelottais de plus en plus. Jamais je n'avais ressenti un froid si intense. Tout à coup, pendant que ma mère parlait avec un passant, j'aperçus mieux qu'un gratte-ciel. Sur deux petits panneaux, accrochés à un poteau au coin de la rue, il était écrit «est» d'un côté et «ouest» de l'autre. J'exultais. Je sautais de joie. Je venais de découvrir la ligne de démarcation entre ces deux points cardinaux. Le voyage n'avait pas été inutile après tout. Ma mère me regarda un instant, stupéfaite, et, empoignant ma main avec force, m'obligea à la suivre.

Après avoir arpenté tout le quartier, j'échouai dans une classe où des enfants de neuf ans côtoyaient des adolescents de quatorze et quinze ans. C'était la période de calcul mental. Le professeur traduisait les questions en italien. *Sette più quattro più tre meno otto.* Je me sentais infantilisé. J'avais été rétrogradé. Un naufrage aurait été moins grave. Pour la première fois, je doutai de l'existence des gratte-ciel. Je voulais rentrer chez moi pour dire à tous mes amis du village de ne pas partir, que ce n'était pas si extraordinaire de manger de la viande tous les jours. L'odeur de vomissure envahit à nouveau mes narines. J'avais la nausée. J'en voulais à mon père d'être venu ici et à ma mère d'avoir cru que j'avais besoin de lui. Je trouvais autant de bonnes raisons pour rentrer, que ma mère en avait imaginé pour émigrer.

L'école terminée, je rentrai à la maison avec une liste de mots que je devais apprendre à épeler. Un seul toutefois occupa mon esprit jusqu'au lendemain tant il m'apparaissait étrange. Je répétai des centaines de fois BÉ-A-OU-CO-OUP croyant que c'était la bonne prononciation. Le lendemain, incapable de reconnaître ce mot tel qu'il était prononcé par le professeur, je fermai les yeux en pensant à l'école de Lofondo, aux camarades que j'avais quittés et à la facilité que j'avais à écrire l'italien. Derrière la fenêtre de la cuisine, à travers les arabesques givrées des carreaux, je me mis à compter les autos qui roulaient sur le boulevard Saint-Laurent. En dix minutes, il en était passé autant qu'en un mois au village. Cette extravagance typiquement américaine me suffisait en attendant que je revoie les gratte-ciel.

Jusqu'au mois de mai, je vécus comme un cloporte aussitôt rentré à la maison. Lorsque des enfants commencèrent à jouer dans le bosquet derrière chez moi, je m'approchai de la clôture de ma cour, me tenant debout pendant des heures et bayant aux corneilles. J'attendais un signal, même ambigu, pour aller rejoindre ces garçons qui jouaient aux Indiens. Les têtes empennées et armés de tomahawks, trois d'entre eux en pourchassaient un autre non déguisé. L'ayant attrapé, ils le traînèrent jusqu'à un arbre, le ligotant et le bâillonnant. Je ne savais que penser puisque la victime n'offrait aucune résistance. Était-elle inconsciente ou avait-elle, au contraire, l'habitude de ce rôle? Je n'osais intervenir, ne pouvant évaluer la part de jeu et la part de réelle agression.

Au deuxième étage d'une maison voisine, une fenêtre s'ouvrit. Une tête auréolée de bigoudis en sortit criant le nom de son fils. Aussitôt, la fenêtre glissa telle une guillotine. Au même moment, de trois autres fenêtres des têtes de femmes identiques à la première s'avancèrent appelant en chœur trois noms différents. Puis, comme si c'était réglé par un metteur en scène invisible, chacune à son tour appela son fils et les trois fenêtres se refermèrent dans un seul bruit sec. Quelques secondes plus tard, les trois Indiens rentraient à toute vitesse.

J'étais déçu. Au milieu des arbres, dans leur rituel sauvage et primitif, j'avais oublié qu'ils parlaient une langue différente de la mienne. À leur place, j'aurais feint de ne pas entendre. Ma mère se serait égosillée en vain. Elle aurait dû demander à mon père de venir me chercher. Je me serais caché et je serais resté dans ma tanière jusqu'à ce qu'il proférât des menaces allant habituellement de l'écartèlement des jambes à la castration à mains nues. À ce moment précis seulement, je serais réapparu en pleurs les mains sur mon pubis.

Une fenêtre s'ouvrit encore une fois. Une gorgone s'avança. Un de ses bigoudis lui tombait sur le front. Son cri aigu fut interminable. Croyant être témoin d'un drame, je sautai par-dessus la clôture pour aller libérer le prisonnier, lequel m'accueillit avec un regard réprobateur suivi, aussitôt que j'eus dénoué la corde, de coups de pieds et de tomahawk. Ne comprenant pas la raison de sa colère, je lui rendais la gentillesse du mieux que je pouvais lorsque, en me tournant, un fuseau de cheveux frôla le bout de mon nez. Ma voisine se déchaîna si violemment qu'elle ameuta tout le quartier. Je restai là pétrifié, saisissant à peine les nombreuses références à la cuisine italienne.

Oscillant entre le dépit et la révolte, je regagnai mon jardin ceint d'une palissade blanche si semblable à toutes les autres que j'hésitai à l'enjamber. Penaud, je remontai l'escalier de métal noir, identique à tous ceux du quartier, au pied duquel se déployait un rectangle parfait de gazon dont chaque brin d'herbe paraissait d'égale longueur. Du haut de mon balcon, devant ces espaces uniformes et sans vie, je crus un instant revoir le cimetière militaire de Salerne.

Le lendemain, au retour de l'école, je courus voler des planches de bois sur un chantier de construction situé à proximité. Après les avoir empilées dans le bosquet, j'en clouai sur deux arbres rapprochés pour en faire une échelle. Lorsque les Indiens de la veille arrivèrent, l'échelle était déjà terminée. Au pied des deux arbres, il restait suffisamment de bois pour le plancher d'une cabane. Je descendis chercher les planches une à une et, pendant qu'ils me regardaient, je les clouai. Ensuite, l'un d'eux parla et aussitôt ils s'éloignèrent en courant. N'ayant plus de bois, je retournai au chantier. À mon retour, deux des garçons munis d'égoïnes, sciaient les planches qui dépassaient ainsi que les branches encombrantes. Mon assaillant de la veille arriva, quelques minutes plus tard, ployant sous sa charge. Après s'être libéré de son fardeau, il me fit comprendre par les gestes plus que par les mots que le jeu consistait à se libérer lui-même et qu'il devait y arriver seul s'il ne voulait pas être ridiculisé par ses amis. En deux après-midi, nous terminâmes la première cabane juchée à plusieurs mètres du sol. À la fin de l'année scolaire, cinq refuges aériens, que nous appelâmes gratte-ciel, attiraient tous les jeunes du quartier Ahuntsic, qui devaient payer pour y monter. Le matin, en me levant, lorsque je regardais les gratte-ciel par la fenêtre de ma chambre, une odeur de vomissure me montait au nez pendant que la maison se mettait à tanguer.

«EVEN THAT GUY KNOWS!»

Il s'était écoulé deux ans depuis mon arrivée lorsque nous déménageâmes pour nous installer à proximité d'une nouvelle église italienne et d'une école anglaise que mon père m'obligea à fréquenter «pour faire comme tout le monde», m'expliqua-t-il. Je commençais à peine à me débrouiller en français.

Je me sentais doublement marginalisé: comme Italien au Québec et comme élève dans une école en marge de la communauté francophone. Pendant tout le cycle secondaire, les Christian Brothers nous apprirent à singer les Anglo-Saxons du West-Island que nous rencontrions une fois ou deux par an dans des compétitions sportives. Nous sortions de ce ghetto avec l'illusion de pouvoir un jour remplacer les *boss* de nos parents. Nombreux hélas sont ceux qui ne réussirent à se substituer qu'à leurs parents.

Ce *gorgeous high-school* regorgeait de jeunes italophones nés pour la plupart en Italie. N'ayant aucune connaissance de l'anglais, je me claque-murai dans un mutisme absolu pendant plusieurs semaines. Un jour, le professeur d'histoire posa une question sur le fascisme à laquelle personne ne répondait. Nerveusement, après avoir répété mentalement la réponse deux ou trois fois, j'émis des sons à peine intelligibles à la grande stupéfaction de mes camarades et du professeur, qui marcha jusqu'à l'autre bout de la salle, regarda un instant par la fenêtre puis, se retournant brus-quement l'index pointé dans ma direction, laissa échapper: «*Even that guy knows!*» Il m'avait pris pour un imbécile pendant tout ce temps sans cher-cher à savoir pourquoi je me taisais. Jamais je n'éprouvai autant de haine pour un homme. Je rentrai chez moi pendant la récréation, déterminé à ne plus remettre les pieds dans cette classe.

Après une nuit blanche qui me parut une éternité, je me levai fiévreux et étourdi par un mal de tête carabiné. Je n'eus aucune difficulté à obte-nir de mes parents la permission de ne pas aller à l'école, d'autant plus qu'un crachin glacial annon-çait déjà l'hiver. À peine avaient-ils franchi la porte pour aller travailler que je furetais déjà dans leur table de nuit, où ils avaient l'habitude de ranger un flacon d'aspirines. Mon mal de tête s'intensifiait. Je ne réussissais pas à penser à autre chose qu'à l'opprobre dont j'avais été victime. Quand j'ouvris le tiroir, deux lettres jaunies glissèrent à l'avant. Rapidement, j'avalai deux comprimés et courus me blottir sous les couvertures avec les lettres.

Juin 1957

Chère Anna,

Tous les vendredis soir, je vais à la taverne Mozart retrouver les amis de Lofondo. Il y a une semaine, je m'y suis trouvé seul avec un homme de Santa Croce où habitent encore sa femme et son enfant de douze ans.

Ses mains tremblaient et il portait une barbe de quelques jours. Au cinquième verre, il m'a confié qu'il avait reçu des lettres anonymes accusant sa femme d'adultère. Sa honte était si grande qu'il n'allait plus travailler et ne sortait que lorsqu'il était sûr de ne rencontrer personne qui le connaissait. Il a pleuré le reste de la soirée et, en le quittant, je l'ai supplié de venir chez moi le lendemain. Je ne l'ai plus jamais revu. Hier, sa photo était à la une de tous les journaux. Sous sa photo, un journaliste a écrit: «Un Italien repêché des eaux du Saint-Laurent. La police n'exclut pas l'hypothèse d'un règlement de compte.» Qu'est-ce qu'on en dit au village?

Ton mari

Juillet 1957

Cher Carlo,

Dans toute la Molise, on ne parle que du noyé du Saint-Laurent et de sa veuve. Il avait émigré en 49. Au début, il écrivait une fois par mois comme toi et envoyait toutes ses économies à sa femme pour qu'elle les dépose à la poste. Là non plus, il n'y a pas de banque. Plus le temps passait, plus les lettres se faisaient rares. Après trois ans, il a commencé à écrire tous les deux mois. Puis, plus d'argent, comme toi. Sauf quelques dollars à Noël et à Pâques. Il ne voulait ni rentrer à Santa Croce, ni faire venir sa famille auprès de lui. Tout le monde au village savait qu'il avait une maîtresse à Montréal, comme toi. Il était chez sa sœur à Rotello, récemment. Il était revenu avec la ferme intention de tuer celle qui l'avait déshonoré. Mais avant de mettre son projet à exécution, il avait demandé à sa sœur de lui faire rencontrer incognito son fils qu'il avait quitté à l'âge de quatre ans. En plus de ne pas le reconnaître, l'enfant lui avait dit que son père était parti pour toujours et qu'il lui était égal de ne plus le revoir après une si longue absence. Aucune des femmes que je connais ne blâme la veuve qui l'était devenue bien avant le suicide de son mari.

Anna

Je lus et relus inlassablement cette histoire qui aurait pu être celle de ma famille et, pendant que des frissons parcouraient mon corps embrasé, j'eus soudain envie de manger des figues séchées farcies d'amandes et de le faire assis entre grand-père et grand-mère.

LE FIGUIER ENCHANTÉ

Dès qu'apparurent les premières éteules brûlées, je me sentis chez moi. De longues vagues de feu remontaient lentement les champs déclives laissant derrière elles des arêtes de cendre noire que le vent soulevait en une myriade de fétus fuligineux. De la route qui serpentait à travers les Apennins, chaque village, juché sur sa colline tel un bât sur sa monture, ressemblait au mien. Depuis l'aéroport de Rome, au volant de sa Fiat 500, mon oncle n'interrompit son monologue sur l'histoire du terroir méridional que pour klaxonner aux tournants surplombant des précipices. «Ici, fit-il à l'entrée du village, la moitié de la population est partie parce qu'elle en avait assez d'être bernée par le gouvernement, tandis que celle qui reste venge la première en le fraudant.» M'exprimant dans un mélange d'anglais italianisé et d'italien mâtiné de molisan, j'étais ébloui par la faconde de ce jeune professeur de lycée que je n'avais pas connu avant mon départ. Depuis l'âge de onze ans, il avait été pensionnaire dans un séminaire de Naples d'où il sortit, dix ans après, athée et révolté.

Au pied du clocher, Lofondo gisait assoupi tel un troupeau de brebis somnolant devant le berger. Seuls quelques vieillards assis à l'ombre d'un pla-tane, les mains noueuses appuyées sur leur canne, furent témoins de notre arrivée et nous suivirent de leurs yeux mi-clos jusqu'à ce que l'auto disparût au bout de la rue principale. Le jaquemart frappa deux coups lorsque la minuscule étuve roulante, dans laquelle je me liquéfiais depuis le matin, cessa son obsédante pétarade. Avant même d'en sortir, ma tête fut prise en étau entre les mains calleuses de grand-père qui, comme d'habitude, m'embrassa longuement sur le front. Lorsqu'il me serra dans ses bras, je sentis à son dos gibbeux et à la faiblesse de son étreinte combien il avait vieilli en quelques années.

«Je vais revenir chaque été maintenant que grand-mère n'est plus là», lui dis-je par-dessus l'épaule en réprimant un sanglot.

— J'ai dû menacer de déshériter ton père pour qu'il te laisse rentrer cette année, répondit-il en me pinçant affectueusement les joues.

— Est-ce que le figuier a grandi?

— Pas autant que toi.

La coccinelle turinoise semblait avoir été fabriquée sur mesure pour mon oncle et grand-père. Au milieu de cette venelle bordée de maisons centenaires aux portes basses, j'aurais cru avoir échoué dans un univers atrophié n'eût été de la présence d'une chèvre gravide dont les pis turgescents frôlaient le pavé. J'éprouvais malgré tout l'étrange impression de ne jamais avoir quitté Lofondo, car rien n'avait changé. Je ressentais tout au plus la même curiosité mêlée de déception qu'éprouve un enfant qu'on réveille après la fête.

J'aurais préféré courir jusqu'au vignoble y admirer mon figuier, celui que j'avais planté pour grand-père quelques jours avant mon départ. «Je veux un souvenir vivant de toi. Je veux pouvoir en prendre soin comme si c'était toi», m'avait-il dit. Mais la liturgie de l'émigration m'obligea à officier sur la table de la cuisine. D'une de mes valises, je sortis des boîtes de sucre en morceaux, du café moulu et suffisamment d'aspirines pour ulcérer tous les jabots démocrates-chrétiens de la Molise. Grand-père s'empara des flacons de comprimés et les rangea dans la maie à côté des miches. Irrité par ces cadeaux, mon oncle me conduisit dans sa chambre où il avait installé mon lit. Aussitôt, il reprit son monologue pour m'expliquer qu'aussi longtemps que les méridionaux se consoleraient de leurs villages vides et émasculés avec du sucre et des aspirines, ils méritaient le chômage et les hobereaux mafieux.

Professeur de latin et de français, il avait plus de livres que la bibliothèque municipale. Il me demanda si je préférais lire en français ou en italien. Il fut étonné d'apprendre que je venais de terminer le cycle secondaire dans une école anglaise. Cherchant à comprendre d'où venait le sabir que je baragouinais, je lui fis remarquer que je parlais l'italien dès que je sortais de la salle de classe, l'anglais avec les professeurs, le français avec les jeunes filles du quartier et le patois avec mes parents. «Quels auteurs québécois as-tu lus?» me demanda-t-il. Dans aucun des cours, les Christian Brothers ne nous avaient parlé du Québec et encore moins présenté ses écrivains. Si ce n'avait été de quelques extraits de *La Petite Poule d'eau* noyés sous un raz-de-marée d'exercices sur l'accord du participe passé, nous n'aurions pas su qu'au Canada au moins un livre avait été écrit en français.

Perché sur un tabouret paillé, il sortit une dizaine de volumes de sa bibliothèque et les lança sur mon lit. «D'ici la fin de l'été, tu dois tous les lire», m'ordonna-t-il. Bien que son ton autoritaire ne me laissât pas le choix, je lui fis comprendre que pendant toute l'année scolaire, j'en avais à peine lu autant et que, pour quelques romans ou pièces de théâtre, j'avais eu recours, comme tous mes camarades et quelques professeurs, aux *Cole's Notes* dans lesquelles, en plus du résumé, nous trouvions suffisamment de questions et de réponses pour nous éviter de lire les œuvres au complet. Il me regarda comme si, outre le gouffre d'ignorance que j'étais, il voyait en moi aussi un monstre de malhonnêteté. Puis, comme pour me consoler, il me dit: «Tu es quand même le premier au village à avoir vu le côté ensoleillé des nuages. Tu es fatigué. Repose-toi.» C'était encore l'époque des transatlantiques.

Ne connaissant aucun des auteurs, je choisis un livre au hasard. Dans la première nouvelle, un émigré s'apercevait, une fois arrivé à destination, que non seulement son ombre l'avait quitté mais que, chaque fois qu'il s'exposait au soleil, il était pris d'étourdissements. Lorsqu'il rentra chez lui, après quelques années, il n'y trouva que des ombres. Je me sentis tout à coup vaciller jusqu'à ce que, après que j'eus glissé ma main derrière ma lampe de chevet, l'ombre se mît à trembloter sur le mur chaulé. Rassuré, je me replongeai dans le livre pour y découvrir un clown. Il exécutait ses dernières cabrioles et pantomimes prodigieuses avant de se joindre à un cirque étranger. À son premier spectacle loin des siens, il fut cependant incapable de se grimer. Le miroir ne réfléchissait plus son image. Peu de temps après, il constata aussi qu'elle s'était effacée sur toutes les photos. Lorsque, voulant rentrer chez lui, il se présenta au consulat pour expliquer son cas, il fut déclaré fou et interné jusqu'à la fin de ses jours.

Grand-père venait de rentrer. Il m'avait promis des figues fraîches pour le petit déjeuner. Le coup de pied qu'habituellement il donnait pour ouvrir la porte m'avait réveillé. Mon premier geste fut de fouiller sous les draps à la recherche du recueil de nouvelles. Aucune trace. Pourtant, j'avais la certitude d'avoir lu ces récits fabuleux même si mon oncle m'assura que j'avais dormi sans interruption. Tout à coup, des questions surgirent. Qu'est-ce que j'avais laissé derrière moi en quittant le village? Était-ce autre chose que l'huile d'olive qui se grumelle au froid et le son des cloches résonnant dans la vallée?

Après une semaine, je n'avais pas encore réussi à aller au vignoble avec grand-père. Il avait l'habitude de partir avant l'aube. J'avais partagé ces premières journées entre la lecture obligatoire et les festins auxquels j'étais invité avec lui. Au milieu du repas, il se levait pour raconter sa dernière traversée de l'Atlantique au début du siècle lorsque, le moteur en panne, le navire dériva pendant un mois avant d'être secouru. Il fit exception chez Domenico. Celui-ci avait passé les années cinquante à Montréal où il avait ouvert l'une des premières pizzerias qu'il avait appelée *Florilège*. Ce nom évoquait autant les titres de poèmes avec lesquels il désignait les nombreuses sortes de pizzas que la réputation de *fuorilegge*[6] qu'il avait méritée en défiant publiquement la loi de la pègre locale qui, disait-il, voulait l'obliger à acheter son fromage de plâtre et sa saucisse avariée. Après que sa vitrine eut volé en éclats, il invita tout le quartier à manger des pizzas sur lesquelles il avait écrit au piment rouge: NON. Il rentra peu après avec sa femme, Francine, et leurs deux enfants.

L'histoire de Domenico avait été si captivante que personne n'avait osé interrompre grand-père. Lorsqu'il descendit au sous-sol chercher une bouteille de vin, je demandai à Francine si elle était retournée à Montréal. «Mon mari a peur que je ne revienne pas», fit-elle avec un sourire. Puis elle ajouta: «Si, à ton retour, il y a de la place dans les valises, j'aimerais envoyer des *regali*[7] à mes parents. Comment on dit *regali* en français?» Elle ne réussissait plus à dire deux phrases en français sans les émailler de mots italiens.

Le lendemain matin, grand-père attendit jusqu'à l'aube pour me permettre d'aller avec lui. Le long du sentier cahoteux, il m'avoua combien il aurait aimé rester en Amérique et se promener sur les boulevards asphaltés. Nous longions une grande oliveraie, abandonnée par une famille émigrée, au bout de laquelle il y avait le vignoble. «Tu connais le chemin maintenant. Qu'est-ce que tu attends?» fit-il en tapant une roche du bout de sa canne. Je courus à toutes jambes jusqu'au figuier. Une fois sur place, j'en fis le tour plusieurs fois, ébahi. Je croyais être devant un arbre enchanté. Sur l'une des branches, grand-père avait greffé une autre sorte de figuier.

Des figues mauves en côtoyaient d'autres de couleur verte trois fois plus grosses. Je n'aurais jamais imaginé que cela fût possible. Lorsqu'il parvint jusqu'à moi en ahanant, il scruta longuement mon regard, puis il dit: «J'en ai pris soin comme si c'était toi. Mais rien n'égale les figues américaines aux cheveux blonds et aux jambes de ballerine.» Me voyant rougir, il comprit que je n'avais pas oublié l'autre sens du mot figue.

De retour au village, mon oncle m'attendait sur le pas de la porte avec le livre qu'il cherchait depuis mon arrivée. Je venais à peine d'achever de lire le *Christ s'est arrêté à Eboli* que je me proposais de relire tant il m'avait bouleversé. N'ayant remarqué que le titre du livre qu'il m'offrait, je le pris pour aller le ranger près de mon lit. En montant l'escalier, j'entendis mon oncle dire: «C'est l'auteur de *La Petite Poule d'eau* qui l'a écrit.» Dans ma main, je tenais Florentine, Rose-Anna et Azarius avec lesquels j'allais passer les deux jours les plus émouvants de l'été. Après cela, rien d'autre ne me passionnerait autant que la littérature et ces gens humbles dont le bonheur d'occasion ressemblait tellement au mien.

* * *

Au mois de septembre, j'entrepris des études en littérature française. Lorsque je découvris que Ionesco était un immigré roumain, je pensai qu'il n'était pas impossible qu'un jour, moi aussi, je puisse écrire. Il ne me restait qu'à approfondir ma connaissance du phénomène migratoire. Ce que je fis en enseignant la culture immigrée à des jeunes dont la plupart était d'origine italienne. Je n'avais prévu ni l'insécurité résultant du babélisme dans lequel je baignais, ni l'hostilité du quarteron de plumitifs de ma communauté.

BAOBABS

Comme tant d'autres, je fus obligé d'émigrer. Rares sont ceux qui quitteraient leur lieu d'origine si la situation économique et politique ne les y forçait. Car, à part une minorité privilégiée, les autres n'en retirent, tout au moins au début, qu'une insécurité psychologique et matérielle qui les portera à accepter les pires conditions de vie et de travail. Ils se rendront compte rapidement qu'ils n'auront pas laissé derrière eux que des difficultés, mais aussi une communauté, des êtres aimés et certaines coutumes dont ils ne peuvent se passer.

S'amorce alors un mouvement oscillatoire et déchirant entre le regret et la joie d'avoir émigré, mouvement dont la durée et l'issue sont fonction autant de la façon dont s'effectue le départ que de la qualité de l'accueil. L'immigré est tiraillé entre l'impossibilité de rester tel qu'il était et la difficulté de devenir autre. Condamné au changement, il en exerce rarement le contrôle. La situation linguistique et politique du Québec ne fera qu'exacerber ses difficultés d'intégration.

Pour la plupart d'origine rurale et peu scolarisés, les immigrés italiens des années cinquante et soixante avaient une perspective du temps et de l'espace bien différente de celle des citadins. Émigrer d'un village de l'Italie du sud à Montréal, c'était passer d'un monde univoque à la multiplicité des voix obligatoirement conflictuelles; c'était aussi quitter le dénuement matériel pour l'empire des choses sans nécessairement être moins pauvre; c'était aussi accepter de voir les actes les plus quotidiens dépouillés de leur dimension symbolique au profit de l'utilitaire.

Accueillis avec méfiance sinon avec mépris, ils recherchèrent compréhension et soutien à l'intérieur de la communauté italienne où ils retrouvaient valeurs et mode de vie plus conformes à leurs attentes.

Il fut aisé de les prendre au piège et de les manipuler. Le quartier italien, qui devait être un lieu de transition facilitant l'adaptation au pays d'accueil, devint rapidement le fief de quelques baobabs dont l'étreinte commence à peine à se desserrer. Marché captif pour les uns, source exclusive de votes pour les autres, ils étaient nombreux à vouloir perpétuer la marginalisation de la communauté italienne. La politique du multiculturalisme leur fournira à la fois le support idéologique et les moyens financiers pour promouvoir la prétendue culture d'origine qui, tout en dégénérant en manifestations folkloriques, contribuera néanmoins à resserrer la cohésion de la communauté et à consolider le pouvoir de ses leaders. Aiguillonnés par le groupe anglophone aussi discret que puissant, quatre types de leaders se porteront à la défense de l'école anglaise pour les italophones tout en sachant qu'il n'y avait pas meilleur moyen de les marginaliser.

Le leader immigré le plus irritant était le raté nouvellement arrivé. Il se rengorgeait d'avoir séjourné quelque temps au lycée et d'y avoir lu *I Promessi Sposi*[8] presque en entier, exigeant pour cela le titre de dottore d'autant plus qu'il pouvait réciter les deux premiers vers de *La Divina Commedia*. Préférant flagorner les parvenus et les curés, il méprisait les immigrés modestes et les fuyait. Ce cuistre ubiquiste truffait ses interventions publiques de citations absconses et accusait d'ignorance crasse les jeunes italophones d'ici. «Vous ne connaissez même pas le nom du chien d'Ulysse», reprocha-t-il à un groupe d'étudiants au cours d'un colloque.

Il était porté à tout dénigrer et jugeait sévèrement ce qu'il ne comprenait pas. Il sera rapidement coopté par le milieu journalistique de la communauté prenant fait et cause pour l'école anglaise, son carriérisme ne lui permettant pas de s'opposer au courant dominant.

L'un de ses clones écrira dans *Il Cittadino Canadese*: «Si tous les Italiens quittaient le Québec avec leurs réalisations, il ne resterait plus rien ici.» Puis, obnubilé par son chauvinisme, il demandera: «Où étaient les *Canadesi Francesi* lorsqu'un Italien, Giovanni Caboto, en 1497, a découvert le Canada⁹?»

Il ne savait sans doute pas que, plus de trois siècles avant l'unification de l'Italie, la notion d'italianité n'existait pas et que, par conséquent, les habitants de la péninsule se réclamaient de la ville la plus proche. Voilà ce qu'on lisait dans cet ersatz d'hebdomadaire qui, en plus de s'opposer à l'affirmation du français au Québec, n'était pas tendre pour les francophones.

Ayant dénoncé ces mensonges et vilenies dans un quotidien francophone, je fis l'objet d'insultes et de menaces qui cessèrent de m'amuser le jour où mes parents découvrirent, dans leur boîte aux lettres, un poisson dissimulé dans le journal des curés de la paroisse Notre-Dame-de-Pompéi. Simple canular inspiré du folklore mafioso? Je ne pris pas le temps de vérifier, préférant m'éloigner de la ville pendant quelques jours. Peu de temps après, j'entrepris l'écriture de Gens du silence de crainte que l'omertà[10] ne réussît à me bâillonner.

Le parvenu appartenait à la deuxième catégorie de leaders. Parfois honnête, souvent grossier mais toujours réactionnaire, il prodiguait ses conseils urbi et orbi et méprisait le travail intellectuel. Toujours hâbleur, il ne cessait de relater ses prouesses dans le milieu des affaires. Depuis que ce rastaquouère avait amassé son premier million et qu'il contribuait généreusement à la caisse électorale de son parti, on le voyait côtoyer des hommes politiques de premier plan. Souvent, il prenait la parole au nom de toute la communauté dans l'une ou l'autre des langues officielles qu'il martyrisait avec une égale insouciance. Il sera bien sûr nommé au conseil d'administration de l'écarlate Congresso, organisme ne fonctionnant que par ukases et voué principalement à la reptation politique. Quelques années plus tard, on le retrouvera au Sénilat canadien.

Le troisième nichait dans les presbytères. Jouissant d'une grande autorité morale, le curé se prononçait sur tout. Il publiera aussi un journal dont les épîtres ne manqueront pas de se porter à la défense de l'école anglaise. Et quelques fois par an, s'improvisant imprésario, il nous fera la grâce d'un spectacle de lutte, après une procession en l'honneur de la Vierge. Il organisera aussi des loteries dont la plus célèbre demeure celle où le gros lot (une auto neuve) fut gagné par les religieuses de la paroisse pendant une fête communautaire. La joyeuse kermesse vira à l'émeute.

À cette triade calamiteuse se greffait l'enseignant. On le retrouvait souvent dans le rôle du professeur de langues. Sa devise: je ne dis rien, mais je le dis bien. Il ne s'inquiétait aucunement du grand nombre de jeunes filles italiennes qui dérivaient vers les départements de langues, condamnées souvent à des études superficielles et à l'insécurité d'emploi. Il ne comprenait pas non plus que, avant de les amener à se griser d'exotisme espagnol et à se laisser subjuguer par l'enseignement chauvin de la culture italienne, il aurait fallu leur faire prendre conscience de la société dans laquelle elles vivaient. *He will defend, in any way and at all costs, English schools up to the last Italian* et se joindra au *Consiglio Educativo*, fondé pour défendre le droit des italophones de s'instruire en anglais, tandis que son président, qui avait épousé une Québécoise francophone, enverra ses enfants à l'école française.

Cette coterie tentaculaire cherchera aussi à attirer les italophones dans de nouveaux quartiers en leur vantant les mérites de l'école anglaise à bâtir, autour de laquelle on construira des maisons avec vue sur le boulevard Métropolitain et à peine ce qu'il faut de terrain pour enterrer un figuier en hiver. Des spéculateurs aménageront un lieu de villégiature où les enfants pourront batifoler en toute liberté dans l'étang fangeux fraîchement creusé. Accourus à leur rescousse, les curés y célébreront une messe en l'honneur d'un saint de haut rang dont la statue sera déplacée au fur et à mesure que se vendront les lots.

Dans ce tourbillon étourdissant, l'immigré ne se reconnaîtra plus. Il vivra l'aliénation culturelle passivement, trop occupé à forger l'avenir de ses enfants. Mais pendant qu'il exigera de ces derniers qu'ils apprennent la langue de ses patrons, il s'apercevra à peine qu'il est en train de devenir un étranger pour ceux qu'il a mis au monde. Bientôt, il ne pourra plus, ou si peu, communiquer avec eux, lui qui ne connaît que les rudiments du français appris avec ses camarades de travail francophones. Car, s'il y a un fort taux de conservation de la langue maternelle au sein des familles d'origine italienne[11], les jeunes parlent rarement autre chose que l'anglais entre eux et utilisent, dans beaucoup de cas, un niveau si élémentaire de la langue maternelle avec leurs parents que celle-ci arrive à peine à exprimer quelques situations concrètes et banales du quotidien familial. En outre, dans le discours portant sur l'identité alterne une italianité aussi patriotarde qu'évanescente avec une nébuleuse canadianité pétrie de multiculturalisme, avec tout ce que cela comporte de raidissements sur le plan politique et de malentendus en matière culturelle.

Devenu étranger et minoritaire dans son foyer, l'immigré pourra, par un sentiment d'abnégation totale, transcender tous ses malheurs par l'espoir de voir un jour ses enfants heureux et prospères; ou, s'il est irréductible, il pliera bagage et ira, tel un lémure, hanter sa communauté d'origine. Solution inopportune s'il en est, car il ne s'y reconnaîtra plus. Elle s'est métamorphosée. Une grande partie du village manque à l'appel pour cause d'émigration; son frère qui, à son départ, fauchait le blé à la faucille, possède une moissonneuse-batteuse; un grand nombre de jeunes fréquentent l'université; tandis que sa fille de dix-sept ans trouve que sa cousine du village jouit d'une plus grande liberté qu'elle. Mais, surtout, il sera profondément blessé lorsqu'on se moquera de son italien hybride. Il regrettera Saint-Léonard ou Saint-Michel, là où il est assuré de retrouver la légitimité de sa langue vernaculaire; et il se hâtera de rentrer, ne pouvant plus nier ni sa double appartenance, ni le fait que les méridionaux sont mieux accueillis à Montréal que dans les grandes villes industrielles du nord de l'Italie où il ne passa que quelques mois au début des années soixante.

Avec lui, rentrera sa fille. À son retour, elle ne peut s'empêcher de penser à ces vieilles dames vêtues de noir qui lui rappellent beaucoup sa grand-mère à qui elle fit vivre ses derniers moments de tendresse dans un sous-sol de Saint-Léonard. Elle se demande encore pourquoi le deuil n'oblige que les femmes à porter du noir. Puis, en regardant les photos prises au village, elle réussit encore moins à s'expliquer pourquoi les femmes font souvent face au mur quand elles sont assises dehors.

Elle souhaiterait qu'on lui expliquât tout cela. Mais comme c'est le blanc-estoc des cours d'italien au secondaire, elle cherche les réponses du côté des sciences sociales. En vain. L'histoire de la femme immigrée n'est toujours pas au programme. Elle voudrait aussi savoir pourquoi les femmes sont moins scolarisées que les hommes et comment sa grand-mère a pu accoucher si souvent chez elle sans l'aide d'un médecin. Elle s'arme de patience et décide d'attendre jusqu'au cégep.

Le projet est remis en question par son père qui trouve tout à fait illogique que ses deux frères se soient contentés d'une dixième année tandis qu'elle veut poursuivre des études pour ensuite changer des couches. Sa mère, par contre, qui en a non seulement changé mais aussi lavé, décide que sa fille se rendra jusqu'à l'université.

Je fis sa connaissance dans un cours portant sur la transformation de la culture d'origine par le processus migratoire, que je donnais dans un cégep anglophone. Elle était entourée d'une vingtaine de jeunes d'origine italienne qui, au moment où la Loi 101 fut promulguée, se sentaient trahis et pris au piège. Le français était souvent leur troisième langue et ils ignoraient presque tout de la culture québécoise francophone. La majorité d'entre eux craignaient en outre d'être blâmés pour un choix fait en toute légalité et par d'autres de surcroît.

Quelques années plus tard, lorsque *Le Déclin de l'empire américain* sera en lice pour l'oscar du meilleur film étranger, mes étudiants qui auront tous regardé la cérémonie de remise des trophées à la télé, ne pourront me citer ni le titre ni le nom du cinéaste. Ces mêmes élèves, pour la plupart d'origine italienne, grecque et portugaise, croient qu'au Québec la proportion des francophones oscille entre quarante et soixante pour cent. Ils ont aussi nourri des préjugés dont le moindre est de croire que les Québécois francophones ne parlent pas le *real French*, tandis que quatre-vingt-quinze pour cent des étudiants du collège s'opposent à l'indépendance, l'école ayant fait d'eux des cocardiers ignares d'un Canada fictif.

Avant la Loi 101, on isolait la majorité des jeunes allophones dans les écoles anglaises[12]; aujourd'hui, on les marginalise de plus en plus en français, oubliant que franciser n'est pas synonyme d'intégrer. Sauront-ils malgré tout trouver la voie du métissage?

LE PALIMPSESTE IMPOSSIBLE

J'ai reçu en héritage les mots que mon père trouvait beaux. Des mots de solitude, de déracinement et d'espérance qui percent les parois de sa geôle de silence. Il en fait des poèmes à la manière des *cantastorie*[13] loin du vacarme de l'usine qui brisa ses tympans. Ces mots sont ceux de mon enfance. Tant qu'ils évoqueront un monde que les mots d'ici ne pourront saisir, je resterai un immigrant lacéré par une double nostalgie.

N'ayant pas appris le français, mon père parle du Québec en patois molisan, tout comme l'anglophone exprime en anglais une manière d'être d'ici. Quant à ces jeunes allophones qui fréquentent les écoles anglaises, ils ne font que témoigner de notre américanité si souvent occultée.

Il n'y a pas de culture italienne, grecque, portugaise ou haïtienne ici. Il y a toutefois des façons de vivre et de penser propres aux Québécois de ces mêmes origines.

Ni tout à fait italienne, ni tout à fait québécoise, ma culture est hybride. En plus de cette ville, je porte en moi le village qui jadis s'arracha à sa colline pour se tapir dans la mémoire de chaque déraciné.

Aucune culture ne peut totalement en absorber une autre ni éviter d'être transformée au contact de celle-ci. La culture immigrée est une culture de transition qui, à défaut de pouvoir survivre comme telle, pourra, dans un échange harmonieux, féconder la culture québécoise et ainsi s'y perpétuer.

Comme toutes les cultures, celle de l'immigrant englobe des domaines de l'expérience humaine qui ne peuvent être entièrement traduits par la langue et encore moins par une seule langue.

Vaut-il la peine de défendre une langue qui ne sert qu'à se défendre elle-même ?

LES GEIGNARDS

Lieu: une salle de conférence

MANUELA
(*avec un verre d'eau, debout près d'Anne*)
Pardon, madame.

ANNE
(*assise*) Je regrette, j'attends une amie.
La place est prise.

MANUELA
(*insiste*) Je tiens à m'asseoir là.

ANNE
(*irritée*) Je vous ai dit, madame, que
j'attends une amie.

MANUELA
(*le ton monte*) On n'a pas le droit de
réserver les sièges.

ANNE

(*elle se lève et se rassoit*) Il y a beaucoup
d'autres places libres, vous n'avez qu'à
choisir.

MANUELA

Moi, c'est celle-là que je veux.

ANNE

(*s'impatiente, elle est debout*) Madame, s'il
vous plaît, mon amie doit arriver d'une
minute à l'autre et nous nous étions
entendues pour que je m'assoie à la
huitième rangée près de l'allée centrale.
Si je change de place, elle ne me trou-
vera pas.
Elle se rassoit.

MANUELA

(*baisse le ton*) Vous n'avez qu'à l'attendre
à l'entrée. Moi, c'est là que je veux
m'asseoir.
(*Anne ne bougeant pas, Manuela essaie de
se frayer un chemin. Anne se lève pour lui
barrer la route.*)

ANNE

(*debout*) Un peu de politesse! (*Le ton
monte.*) Je vous ai dit, gentiment il me
semble, que j'attends une amie. Allez

vous asseoir ailleurs. Pourquoi tenez-vous tellement à vous asseoir ici?

MANUELA

Je veux être le plus près possible de l'estrade.

ANNE

(*furieuse*) Vous ne l'aurez pas, la place. Légère bousculade. (*Manuela renverse de l'eau sur la robe d'Anne. Celle-ci explose.*)

ANNE

J'ai jamais rencontré quelqu'un d'aussi arrogant que vous.

MANUELA

C'est vous l'arrogante qui avez osé réserver une place non payante.

ANNE

Hé bien, ça c'est le comble. C'est moi qui suis arrogante.
(*Toutes griffes dehors.*)
Vous êtes comme tous les autres. Vous vous croyez tout permis. Vous croyez que tout vous est dû.

MANUELA

(*ton sobre mais ferme*) Non, madame, pas tout. Seulement ce qui reste. C'est pas votre place que je veux, mais celle qui est libre à côté de vous.

ANNE

(*ferme*) Je ne sais pas depuis combien de temps vous êtes au Québec, mais vous saurez qu'ici tout le monde fait ça. Et vous n'allez pas m'imposer votre façon de faire.

(*Temps.*)

Si vous n'êtes pas contente, vous n'avez qu'à...

(*Elle s'arrête brusquement.*)

MANUELA

Oui, oui, terminez-la, votre phrase. Vous voulez que je retourne dans mon pays?

(*Avec emphase.*)

ANNE

(*piquée au vif, regrette ses paroles*) Pardonnez-moi, c'est pas ce que je voulais dire. Je suis désolée. J'ai une belle-sœur immigrée. Elle est adorable. Pardonnez-moi. Je suis désolée.

MANUELA

(*rassurante*) Calmez-vous, ce n'était qu'un jeu. Vous pouvez réserver cinquante chaises si vous voulez. Moi, de toutes façons, dans les congrès je reste toujours debout, à l'arrière, pour pouvoir partir aussitôt que ça devient trop ennuyeux.

ANNE

(*furieuse*) Mais c'est encore pire. C'est de la provocation.

MANUELA

(*essayant de la calmer*) Non, un simple jeu. Pour que vous laissiez tomber votre masque, pour que vous vous montriez telle que vous êtes. Il ne suffit pas d'avoir une belle-sœur immigrée pour être au-dessus de tout soupçon. Vous êtes comme tout le monde.

ANNE

(*à la fois outrée et repentante*) C'est sous le coup de la colère...

(*Temps.*)

MANUELA

... que la vérité jaillit.

ANNE

(*ton de la confidence*) Non, je ne suis pas ce que vous pensez. Si je vous avais tendu un piège semblable, j'ose à peine imaginer ce que vous auriez pu dire.

MANUELA

Je n'ai pas besoin de piège pour vous dire
ce que j'ai dans le cœur.

ANNE

C'est ça la différence entre vous et nous.
Vous pouvez faire toutes les critiques que
vous voulez à notre endroit, c'est toujours normal et justifié. Mais aussitôt
que nous relevons la moindre peccadille
chez vous, nous devenons les pires
racistes. On ne peut même pas demander à vos jeunes de parler français dans
nos écoles françaises... quand ils ne sont
pas à l'école anglaise!

MANUELA

Non, la vraie différence entre vous et
moi, c'est que vous êtes plus québécoise
que montréalaise, tandis que moi, je suis
plus montréalaise que québécoise.

ANNE

Je suppose que vos enfants aussi parlent
anglais aussitôt sortis de la salle de
classe.

MANUELA

Je n'y peux rien. Personne n'y peut rien.
Il y a moins de jeunes francophones dans

cette école-là que dans une discothèque de la Floride en hiver.

ANNE

C'est contre l'esprit de la Loi 101.

MANUELA

Vous n'aviez qu'à voter la Loi 101 avant. Avant que les immigrés n'arrivent ici.

ANNE

(outrée) C'est par mépris, madame. Par mépris pour notre culture et pour notre langue.

MANUELA

Nous ne demandons pas mieux que de nous intégrer, à condition qu'on nous en donne les moyens.

ANNE

En parlant l'anglais, je suppose? En envoyant vos enfants dans les cégeps anglais et ensuite à McGill et à Concordia?

MANUELA

Il n'y a pas que la langue qui compte. C'est devenu une réelle obsession chez vous.

ANNE

Encore du mépris! Vous ne faites aucun

effort pour comprendre notre situation.
Vous savez, on a déjà vu des cultures et
des langues disparaître.

MANUELA

Vous essayez de m'émouvoir, moi, une
immigrée, avec de pareils arguments?

(Court temps.)

Tout ce que vous risquez de perdre,
nous, les immigrés, l'avons déjà perdu ou
sommes en train de le perdre. Mes
enfants peuvent à peine se faire comprendre de mes parents. Et vous essayez
de m'émouvoir en me disant que peut-
être, dans quelques générations, le français risque de disparaître? Il ne s'est
jamais aussi bien porté.

(Court temps.)

Non, le français ne va pas disparaître
parce que nous non plus, les immigrés,
ne voulons pas qu'il disparaisse, parce
que le français, c'est aussi la langue de
nos enfants.

ANNE

(admirative) Vous vous exprimez tellement bien!

MANUELA

J'enseignais les langues avant de venir ici.

ANNE

Plus d'une ?

MANUELA

I can speak four languages. Posso cominciare una frase in italiano ou en français y la terminar en Español or in English.

Je peux tout faire avec mes quatre langues, sauf...

Dans la même phrase, je peux mettre le sujet en français, the verb in English, el complemento en Español e il ritmo in italiano.

Mais mon diplôme...

Avec mes quatre langues, I can read Shakespeare dans le texte, y puedo tambièn escuchar Pavarotti et tout comprendre.

Con mis cuatro idiomas posso essere transculturale in italiano, multicultural in English, interculturelle en français y folclòrica en Español.

Mais mon diplôme n'est toujours pas reconnu.

Je peux parler le français avec un accent
espagnol, l'italiano con un accento
francese, English with an Italian accent
et l'espagnol avec tous les accents.
Mais en attendant, je travaille à l'usine.

ANNE
Vous êtes tellement chanceuse!

MANUELA
De travailler avec une machine à
coudre?

ANNE
Non, c'est pas ça que je voulais dire.

MANUELA
Je me sens humiliée.

ANNE
J'peux pas croire qu'avec toutes vos
connaissances...

MANUELA
Je ne sais qu'enseigner. Je ne sais rien
faire d'autre. Pour ne pas devenir folle,
je récite des poèmes de Pablo Neruda à
ma machine à coudre.

ANNE
(*heureuse*) Vous aussi, vous aimez la
poésie?

MANUELA

C'est ma bouée de sauvetage, ma seule passion.

ANNE

C'est vrai que vous récitez des poèmes en travaillant?

MANUELA

(rit) À haute voix.

ANNE

Votre patron, qu'est-ce qu'il en pense?

MANUELA

Il aime tellement ça qu'il a déjà proposé de remplacer les assemblées syndicales par des récitals de poésie.

(Elles rient.)

ANNE

Vous devriez venir chez moi. J'ai une bibliothèque pleine de recueils de poèmes.

MANUELA

Ça va être difficile. Je pars dans deux jours.

ANNE

Alors, à votre retour.

MANUELA

Je rentre avec ma famille, dans mon pays.

ANNE

Pour des vacances?

MANUELA

Non, pour toujours.

ANNE

Pour toujours? Pourquoi?

MANUELA

(*tend un autre piège à Anne*) Parce que je me sens coupable.

ANNE

(*crédule*) Coupable de quoi?

MANUELA

(*a presque les larmes aux yeux*) Comment ai-je pu, pendant si longtemps?

ANNE

Mais qu'est-ce que vous avez fait?

MANUELA

Je suis impardonnable comme tous les immigrés. Vous étiez si bien avant notre arrivée.
Dites-moi que vous nous pardonnez d'avoir envahi vos quartiers.

(Anne hésite.)

MANUELA

De Syriens, de Cambodgiens, d'Italiens,
de Portugais, de Libanais, de Sénégalais,
de Chinois, de Hongrois,
de Chiliens, d'Haïtiens,
d'Espagnols et de «mongols»,
de Vietnamiens et de vauriens,
c'est l'occupation,
l'invasion,
l'éviction,
la dépossession,
l'étouffement,
l'anéantissement,
le raz-de-marée,
le déluge,
des jaunes, des blancs, des noirs,
des immigrés, des réfugiés, des naufragés,
Qu'est-ce que vous allez devenir?
Dites-moi que vous nous pardonnez.
Dites-le par pitié.

ANNE

(ne sachant trop comment réagir) Mais…
je… je ne vous comprends pas.

MANUELA

Dites-le que vous nous pardonnez.

ANNE

Je... je...

MANUELA

Pardonnez-nous de vous avoir évincés de vos quartiers,

d'avoir obligé vos enfants à fréquenter les écoles privées,

d'avoir volé des emplois dont vous ne vouliez pas,

de ne pas nous installer dans les régions que vous désertez vous-mêmes.

ANNE

Vous vous moquez de moi.

MANUELA

(*plus agressive et ironique*) Si vous saviez à quel point je me sens coupable. Mais le plus grand reproche que vous devriez nous faire, c'est de ne pas avoir prévu la Loi 101. Oui, nous aurions dû la prévoir. Car Camille Laurin était déjà né à notre arrivée. Il était là, bien vivant. Nous aurions dû savoir qu'un jour ou l'autre il la sortirait, sa Loi 101. Nous n'avons aucune excuse. Même dans *Maria Chapdelaine*, on trouve des allusions à la Loi 101.

ANNE

Vous vous moquez de moi.

(Elle veut partir, mais elle est retenue.)

MANUELA

Nous n'avons pas su, nous les immigrés, reconnaître ces signes avant-coureurs pourtant si évidents. Nous sommes impardonnables. Nous aurions dû prévoir la Charte de la langue française et envoyer nos enfants à l'école française dès le début des années cinquante, même s'il y en avait parmi vous qui envoyaient les leurs à l'école anglaise. Heureusement, il n'est pas trop tard. Vous pouvez... nous pouvons encore corriger la situation. Ne faisons plus venir d'immigrés politiques ou économiques. Ce qu'il nous faut maintenant, ce sont des immigrés linguistiques que nous ne paierions que pour parler français partout et en tout temps. *(Elle scande.)* Car le seul problème, au Québec, c'est celui de la langue! Vous verrez, lorsque tout le monde parlera français au Québec, ce sera le nirvana. Mais nous sommes déjà tellement bien, nous les immigrés! À commencer

115

par mon mari, chauffeur de taxi. Vous ne pouvez imaginer le plaisir qu'il éprouve à conduire de grosses voitures américaines. Vous devriez voir les jaloux qu'il fait dans notre pays lorsqu'il envoie des photos de l'auto.

Quand il dit à notre parenté là-bas que non seulement on lui permet de conduire l'auto douze heures par jour, mais qu'en plus il est payé, personne ne le croit.

Mais les plus chanceuses, ce sont les femmes comme moi qui travaillent dans les usines de textile. Il faut avoir ressenti, une fois dans sa vie, les voluptueuses sensations que procurent au toucher le lin et le nylon, le polyester et l'orlon, le velours et le coton, pour ne plus pouvoir s'en passer. Plus on va vite sur la machine à coudre, plus les sensations sont fortes. Et en plus, je ne bouge presque jamais ni la jambe gauche, ni le bras droit. Comment voulez-vous qu'on me paye plus que le salaire minimum si la moitié de mon corps est toujours au repos, si je ne travaille qu'à moitié ?

(Un temps.)

MANUELA

Quelle bande de geignards nous sommes, nous les immigrés!
À bien y penser, je crois que je vais annuler mon départ.

ANNE

Vous devriez, parce que, dans votre pays d'origine, c'est cent fois pire qu'ici.

(Anne se lève et s'apprête à partir.)

MANUELA

Assoyez-vous. Le conférencier va prendre la parole.

(Manuela et Anne s'assoient.)

LE CONFÉRENCIER

Comme tant d'autres, j'ai été obligé d'émigrer. Rares sont ceux qui quitteraient leur lieu d'origine si la situation politique et économique ne les y forçait. Car, à part une minorité privilégiée, les autres n'en retirent...

NOTES

1. Le midi de l'Italie.

2. Donald AVERY, «Canadian Immigration Policy and the Foreign Navy, 1874-1914», in The Canadian Historical Association. Historical Papers, 1972, p. 141.

3. De l'italien nevaccia. En anglais: slush.

4. Italianisme : gâteau aux œufs.

5. Italianisme : je-m'en-foutistes.

6. Hors-la-loi.

7. Cadeaux.

8. En français, *Les Fiancés* d'Alessandro Manzoni.

9. Ces citations sont tirées d'éditoriaux parus au milieu des années 70.

10. Loi du silence.

11. L'italien sert de lingua franca dans la majorité des familles d'origine italienne dont les parents ont appris le français en milieu de travail et les enfants l'anglais à l'école.

12. La Loi 101 a peu touché les jeunes d'origine italienne. En 1989, 63 pour cent d'entre eux fréquentaient encore les écoles anglaises souvent monoethniques.

13. Chanteur de rues.

TABLE DES MATIÈRES

DANS LA COLLECTION « BORÉAL COMPACT »

MISE EN PAGES ET TYPOGRAPHIE :
LES ÉDITIONS DU BORÉAL

CE TROISIÈME TIRAGE A ÉTÉ ACHEVÉ D'IMPRIMER EN JANVIER 2004
SUR LES PRESSES DE L'IMPRIMERIE AGMV MARQUIS
À CAP SAINT-IGNACE (QUÉBEC).